VIER N

VIER NOVELLEN

BY

STEFAN ZWEIG

EDITED

WITH AN INTRODUCTION AND NOTES

BY

HAROLD JENSEN M.A.
German Master
Cavendish Grammar School
Buxton

HARRAP　LONDON

First published in Great Britain 1955
by GEORGE G. HARRAP & CO. LTD
182-184 High Holborn, London, WC1V 7AX
Reprinted: 1961; 1964; 1969; 1978

Copyright. All rights reserved

ISBN 0 245 53250 1

Printed and bound in Great Britain by
REDWOOD BURN LIMITED
Trowbridge & Esher

CONTENTS

Introduction	page 7
Buchmendel	41
Episode am Genfer See	79
Die unsichtbare Sammlung	91
Unvermutete Bekanntschaft mit einem Handwerk	111
Notes	159

INTRODUCTION

Biographical Sketch

The farewell message written by Stefan Zweig a matter of hours before his death throws into sharp relief the portrait of a man who wore himself out in the pursuit of what he was convinced to be the sole course open to save mankind: the brotherhood of nations based on mutual respect and understanding.

Let the short document speak for itself and reveal the anguish of mind and spirit caused by the apparent destruction of all that this fighter for freedom held most dear:

> Ehe ich aus freiem Willen und mit klaren Sinnen aus dem Leben scheide, drängt es mich eine letzte Pflicht zu erfüllen: diesem wundervollen Lande Brasilien innig zu danken, das mir und meiner Arbeit so gute und gastliche Rast gegeben. Mit jedem Tage habe ich dies Land mehr lieben gelernt und nirgends hätte ich mir mein Leben lieber vom Grunde aus neu aufgebaut, nachdem die Welt meiner eigenen Sprache für mich untergegangen ist und meine geistige Heimat Europa sich selber vernichtet.
>
> Aber nach dem sechzigsten Jahre bedürfte es besonderer Kräfte um noch einmal völlig neu zu beginnen. Und die meinen sind durch die langen Jahre heimatlosen Wanderns erschöpft. So halte ich es für besser, rechtzeitig und in aufrechter Haltung ein Leben abzuschließen, dem geistige Arbeit immer die lauterste Freude und persönliche Freiheit das höchste Gut dieser Erde gewesen.

Ich grüße alle meine Freunde! Mögen sie die Morgenröte noch sehen nach der langen Nacht! Ich allzu Ungeduldiger, gehe ihnen voraus.

STEFAN ZWEIG
Petropolis, 22.ii.1942

With a great economy of words the master of pen portraits has here given his friends an inspiring portrait of himself and the ideals for which he strove until his physical powers of endurance began to give way under the burden of restrictions imposed by events which had driven his world to self-destruction.

Stefan Zweig was born of a wealthy Jewish family in Vienna on November 28, 1881. He spent a considerable part of his early childhood travelling from one health resort to another as his mother was an inveterate visitor of spas, particularly Marienbad, where the precocious Stefan caused several scenes at the hotel and elsewhere owing to his unruly temper, a feature which never quite left him even in his maturity.

After completing his school education he entered the University of Vienna as a student of German literature and Romance languages. At this early period he already contributed articles to the famous Austrian paper *Neue Freie Presse*, thus embarking on the career of a journalist and author. After only one year of study in Austria he proceeded to Berlin with the purpose of gaining independence away from his home town. During his vacations he visited Belgium, a country to which he felt himself attracted as it was the home of Emile Verhaeren, whose poems he was at that time translating into German. He met the poet in Brussels in 1902 and close ties of friendship formed between the man and the youth. The invasion of Belgium by German troops in 1914 caused Verhaeren to turn in hatred from the young German scholar, and contact between them ceased. While Zweig was staying in Switzerland towards the end of the war, the news of the aged poet's death in 1917 was a serious shock to him, and it is now that we find one of the first instances of his ability to foresee disaster. Predicting the dreadful consequences of the war for his own country, Stefan Zweig staunchly refused to part spiritually "from one living within me as a transubstantiated model for my own existence, my earthly faith". Verhaeren continued to hold a special place of love and admiration in the heart of the youthful translator.

At the age of twenty-five Zweig graduated at the University of Vienna and then left for Paris where he found the same happiness amid a congenial circle of kindred spirits as he had previously done in Belgium. The most important of these Paris contacts was undoubtedly Romain Rolland, to whom Zweig in later life devoted a biography as he also did to Verhaeren.

His first voyage to a continent beyond Europe brought him to India, for which he was, however, unable to develop any enthusiasm, but grew depressed at the sight of the widespread poverty around him. His description of Benares reveals the effort with which he tried to work up some kind of admiration, but failed.

Entirely different, however, were Zweig's reactions to the American continent, which he visited in 1912. He was deeply impressed by New York, particularly its effect as a melting pot of various races and nationalities. The chance witnessing of the final stages in the construction of the Panama Canal stirred the future biographer of the circumnavigators of the world to one of his most impressive essays.

Now in his early thirties, Zweig was able to look back on a successful life; his literary work had gained him notable appreciation, he could pride himself on the friendship of great men, particularly Verhaeren and Rolland, and he had won the affection of the woman who was later to become his wife.

These halcyon days were, however, brought to a sudden end amid the roar of guns and the clatter of the panoply of war. Armed conflicts so hateful to Stefan Zweig found him in a state of deep melancholy, enhanced by his uncanny premonition of even greater evil to follow. This feature in Zweig's character is repeatedly mentioned in his wife's biography of him, where she refers to it as his "Cassandra-like vision." This conviction of the folly of armed conflict did not prevent him from being anxious to join the army because he felt himself unable to continue with his literary work which gave him so much delight, when he witnessed others enduring such suffering, sorrow and danger around him. Medically graded as unfit for military service, he was assigned duties in the war Press bureau and war archives, where he worked alongside Rainer Maria Rilke. He now entered into the unpopular campaign in favour of a world of humanism against malice and the blind glorification of war. His duties in the Press bureau were soon cut short by the arrangements being made in Zürich for the production of his play *Jeremias*. These enabled him to obtain leave to quit Austria and attend the rehearsals in Switzerland. Here he contacted his friend Rolland and joined forces with him to stem the flood of hatred that threatened to engulf the nations. The difficulties encountered and the courage needed to carry on this struggle are clearly worded in a letter sent to Zweig in 1915 by Rolland from the International Prisoners of War Service in Geneva. Among other things the French humanitarian says:

> ... I have to be very careful. You have no idea how bitterly I am hated. They are always waiting for an opportunity to expose me. In consequence I must say and write nothing that could not be made public....
>
> I am convinced that later when we are free to exchange confidences about the fundamentals of our political beliefs, we shall come to more or less the same conclusion about everything. At the moment that is impossible. I have therefore put politics entirely on one side and limit myself to the purely human sphere—human in the broadest sense of the word. I do not attempt to combat war, for I know it is impossible—*now more than ever!* I try instead to combat hate. I try to rescue everything that can still be rescued: clear reasoning, human compassion, Christian mercy—that is to say, what is left of these things, these noble lighthouses threatened by the storm...[1]

At the end of hostilities he returned to Austria, deciding to leave Vienna and reside in Salzburg, where he had bought a house. A restlessness peculiar to him since his childhood prevented him from settling down in any given place for long, and he left Austria for Italy, where he was the guest of Maxim Gorki in Punto di Sorrento. It was not until 1928 that he ventured to return to Belgium, which he had not visited since before the war. His memories of the past were deeply shaken by the changes he witnessed, and particularly by the way in which the horrors of war had been perpetuated and turned into a commercial proposition.

With his fame growing as an author of international

[1] H. Arens and others: *Stefan Zweig, a Tribute*, translated by Christobel Fowler (W. H. Allen, London, undated).

reputation, and Salzburg becoming the Mecca of music-lovers, Zweig became more and more molested by the many visitors wishing to see him. He was confidentially offered a diplomatic post, which he refused as he was of the opinion that a Jew should not accept a prominent post, because by doing so he would engender envy and thus injure his race by causing hostility.

The Austrian Social Democratic Party, to which Zweig belonged, slowly deteriorated owing to its being denied responsibilities, and this state of affairs began to play on the feelings of this most cosmopolitan of authors, resulting in acute depression at the trend of relations among the nations. The close association at this time with an extremely despondent friend who always stressed this deterioration of world relations destroyed the harmony of Zweig's previous life in Austria. His spells of melancholy became longer and followed each other more closely, till he lost the feeling of inner security. This development is reflected in his more and more closely identifying himself with the mental turmoils and torments of the central characters in his plays and books.

This "hypochondriac uneasiness" reached a grave state when in 1934 his Salzburg home was searched by the authorities. He now took so violent a dislike to the place that he officially cancelled his residence in the town and agreed to a series of lecture tours to various countries, among them France, America and Portugal.

The collapse of Austria in 1938 deprived Zweig of the last of his German-speaking readers as well as of all his possessions, the most treasured of which was his priceless collection of hand-written manuscripts. This news reached him in Paris, and he left France to come to this country. While staying at Bath he became a British subject, thanks to the influence of friends living in England. At that time he received an invitation to go to South America on a lecture tour. He accepted the offer and sailed for New York and thence southward.

The tour was a great success, and the author was received with acclamation wherever he appeared. Returning to New York, he was, however, again haunted by anxieties, causing him to make yet another departure in 1941, this time to Brazil.

Even in the peaceful little town of Petropolis depression at the horrors of the age persisted, and it is here that we notice the first signs of homesickness in Zweig's writings. Deepest despondency is revealed in the last letter which he wrote to his wife on February 18, 1942. He committed suicide on or about February 23, thus ending a life devoted to the ideal of the brotherhood of man.[1]

The Work of Stefan Zweig

Romain Rolland's preface to the French edition of Zweig's short stories collected under the title of *Amok*, contains the following pen portrait of Zweig as he is revealed in his literary production: "The characteristic trait in his artistic make-up is the passionate desire to recognise, the unflagging, insatiable curiosity, the demoniac urge to see, to know, to live every life himself. It has made of him a veritable Flying Dutchman, a passionate pilgrim. He is the impudent yet devout admirer of genius, whose mystery he has plucked out only to love it more deeply, the poet who has made Freud's dangerous

[1] The biography entitled *Stefan Zweig*, written by his wife Friderike Zweig and translated into English by E. McArthur (London, 1946), gives a very detailed account of the events of the author's life and all the famous men with whom he associated.

key his own—the soul-snatcher." (H. ARENS: *Stefan Zweig*, London, page 50.)

This characterization intended by Rolland to apply to Zweig as a narrator may equally well apply to him at any period in his literary career and to any *genre* he may choose, as all his work springs from this same source: his untiring interest in the individual. We can trace this fascination exercised on him by people back to his schooldays in Vienna, but this is no mere childlike phase, as it becomes even more pronounced when he leaves his native city to study in Berlin.

In his memoirs, which he so poignantly calls *Die Welt von Gestern,* he describes the varied and checkered people with whom he associated at that time in his life:

... je schlimmer eines Menschen Ruf war, umso begehrlicher mein Interesse, seinen Träger persönlich kennenzulernen. Diese besondere Liebe und Neugier für gefährdete Menschen hat mich übrigens mein ganzes Leben lang begleitet; selbst in den Jahren, wo es sich geziemt hätte, schon wählerischer zu werden, haben meine Freunde mich oft gescholten, mit was für amoralischen, unverlässlichen und wahrhaft kompromittierenden Leuten ich umging. Vielleicht ließ mir gerade die Sphäre der Solidität, aus der ich kam, und die Tatsache, dass ich selbst zu einem gewissen Grade mich mit dem Komplex der 'Sicherheit' belastet fühlte, all jene faszinierend erscheinen, die mit ihrem Leben, ihrer Zeit, ihrem Geld, ihrer Gesundheit, ihrem guten Ruf verschwenderisch und beinahe verächtlich umgingen, diese Passionierten, diese Monomanen des bloßen Existierens ohne Ziel, und vielleicht merkt man in meinen Romanen und Novellen diese Vorliebe für alle intensiven und unbändigen Naturen.[1]

[1] *Die Welt von Gestern* (Berman-Fischer, Stockholm, 1947), pages 142-143.

This is the world in which the young writer moves when he meets with the work of Verhaeren which introduces him to a personality that stirs him to his very depths. In later life Zweig himself clearly sees the significance of this encounter and depicts this important meeting with the Belgian poet in the following terms: "Da stand er also leibhaftig vor mir, dem jungen Menschen — der Dichter, so wie ich ihn gewollt, so wie ich ihn geträumt. Und noch in dieser ersten Stunde persönlicher Begegnung war mein Entschluß gefaßt: diesem Manne und seinem Werk zu dienen. Es war ein wirklich verwegener Entschluß, denn dieser Hymniker Europas war damals in Europa noch wenig bekannt, und ich wußte im voraus, daß die Übertragung seines monumentalen Gedichtwerks und seiner drei Versdramen meiner eigenen Produktion zwei oder drei Jahre wegnehmen würden. Aber indem ich mich entschloß, meine ganze Kraft, Zeit und Leidenschaft dem Dienst an einem fremden Werke zu geben, gab ich mir selbst das Beste: eine moralische Aufgabe. Mein ungewisses Suchen und Versuchen hatte jetzt einen Sinn."[1]

By the time the European world of Stefan Zweig had been plunged into chaos by the First World War he had produced a large number of essays and reviews, many translations, some original poetry and above all his great book on Verhaeren. The outbreak of hostilities forced on Zweig's mercurial temperament an inactivity and restriction of movement which cast him into loneliness and isolation, which in turn must have deeply wounded the feelings of one who had acted for so long as the interpreter between nations.

The impact of the conflict of the First World War

[1] *Die Welt von Gestern, ed. cit.* page 150.

brings maturity and purpose to the work of the author and removes it from mere self-expression, thus deliberately placing his talents at the service of all for whom humanity and freedom still mean a vital force.

Zweig's emotional conflict at this political struggle is poetically mirrored in his drama *Jeremias,* which appeared in 1917. The intimate nature of this play is expressed in his own words:

> So wurde es nur natürlich für mich, die eigene, die tragische Situation des ‚Defaitisten' — dieses Wort hatte man erfunden, um jenen, die sich um Verständigung bemühten, den Willen zur Niederlage zu unterschieben — in dramatischer Form zu schildern. Ich wählte als Symbol die Gestalt des Jeremias, des vergeblichen Warners. Aber es ging mir keineswegs darum, ein ‚pazifistisches' Stück zu schreiben, die Binsenwahrheit in Worte und Verse zu setzen, daß Frieden besser sei als Krieg, sondern darzustellen, dass derjenige, der als der Schwache, der Ängstliche in der Zeit der Begeisterung verachtet wird, in der Stunde der Niederlage sich meist als der einzige erweist, der sie nicht nur erträgt, sondern sie bemeistert ... Mitten im Kriege, indes die andern sich noch voreilig triumphierend, gegenseitig den unfehlbaren Sieg bewiesen, warf ich mich schon in den untersten Abgrund der Katastrophe und suchte den Aufstieg ... Jetzt zum erstenmal hatte ich das Gefühl, gleichzeitig aus mir selbst zu sprechen und aus der Zeit. Indem ich versuchte, den andern zu helfen, habe ich damals mir selbst geholfen: zu meinem persönlichsten, privatesten Werk neben dem *Erasmus*, in dem ich mich 1934 in Hitlers Tagen aus einer ähnlichen Krise emporrang. Von dem Augenblicke, da ich versuchte, sie zu gestalten, litt ich nicht mehr so schwer an der Tragödie der Zeit.[1]

[1] *Die Welt von Gestern,* ed. *cit.* pages 290-291.

The play *Thersites*, which is in mood closely akin to *Jeremias*, deals with a theme that recurs in many variations through so much of Zweig's work: compassion for humanity. The despised and deformed Thersites appears as the prototype of suffering humanity, and it is he who has first claim on the dramatist's care and attention, not the demi-god Achilles.

Both plays reveal quite clearly Zweig's leaning towards the psychological interpretation of character, a feature that later dominates all his work.

This interest in psychology also is the main spring of his passion for collecting handwritten manuscripts. He regards the handwriting as a mirror reflecting the soul and mind of the author during the struggle of creation. The following passage in Zweig's own words may serve to show how deeply he investigated the secrets of handwriting:

Ein Korrekturblatt Balzacs, wo fast jeder Satz zerrissen, jede Zeile umgeackert, der weiße Rand mit Strichen, Zeichen, Worten schwarz zernagt ist, versinnlicht mir den Ausbruch eines menschlichen Vesuvs; und irgend ein Gedicht, das ich jahrzehntelang liebte, zum erstenmal in der Urschrift zu sehen, in seiner ersten Irdischkeit, erregt in mir ehrfürchtig religiöses Gefühl; ich getraue mich kaum, es zu berühren ... Damals waren meine literarischen Einnahmen freilich noch nicht zureichend, um im großen Stil zu kaufen, aber jeder Sammler weiss, wie sehr es die Freude an einem Stücke steigert, wenn man sich eine andere Freude versagen mußte, um es zu erwerben. Außerdem setzte ich alle meine Dichterfreunde in Kontribution. Rolland gab mir einen Band seines *Jean Christophe*, Rilke sein populärstes Werk, *Die Weise von Liebe und Tod,* Claudel die *Annonce faite à Marie,* Gorki eine große Skizze, Freud eine Abhandlung; sie wußten alle, daß kein Museum ihre Handschriften liebevoller hütete. Wieviel ist heute davon in alle Winde zerstoben mit anderen geringeren Freuden.[1]

In the same way as he regarded a piece of manuscript as a miniature biography of the writer, so his volumes of essays *Die Baumeister der Welt* (containing three series of biographical sketches) and *Die Heilung durch den Geist* are biographical miniatures. The twelve pen portraits of outstanding personalities contained in these volumes deal with Balzac, Dickens, Dostoevski, Hölderlin, Kleist, Nietzsche, Casanova, Stendhal, Tolstoy, Mesmer, Mary Baker Eddy and Freud. The volume *Die Baumeister der Welt* is subdivided into three parts, each of which comprises studies of three personalities. The essays included in *Die Heilung durch den Geist* follow the same pattern, as they too are devoted to the portrayal of three remarkable personalities, in this case healers specializing in the study of the workings of the human mind. These twelve pen portraits were written at irregular intervals between 1919 and 1931, and in some instances were planned considerably earlier.

With his ever-increasing maturity Zweig's original work becomes more prolific, and he turns away from translation, devoting his powers for the first time to lectures which bring him into touch with a great variety of people and lands. A selection of these shorter works covering the years 1904–40 has appeared posthumously in Sweden under the title *Zeit und Welt*. This volume of essays and lectures covering such a considerable number of years, and revealing Zweig's views on such vital subjects as the secret of artistic creation or his ideas on a topic which moved him so deeply as a United Europe, may

[1] *Die Welt von Gestern, ed. cit.* pages 192–193.

justly be regarded as complementary to his autobiography, *Die Welt von Gestern,* which we have mentioned earlier.

In the same way as we have seen Zweig single out certain individuals for closer scrutiny in his essays *Die Baumeister der Welt,* so he turns the spotlight of his investigating mind on events deserving attention in the essays entitled *Sternstunden der Menschheit.* These signposts of destiny range from the fall of Byzantium to Scott's struggle to reach the South Pole.

Zweig's lively interest in and affinity with the demonic in human nature leads him to study Joseph Fouché, Napoleon's police Minister, to whom he devotes a biography. Zweig himself gives us a picture of how this character grew in stature and what he came to represent to the biographer. "The more shameless his changes of face, the more interested I became in the character, or rather the characterlessness, of this perfect Machiavelli of modern times. His political life, enveloped in obscurity and secrecy, attracted me more and more. His whole personality grew continuously more bizarre, more demonic. Thus it was that I came to write the history of Joseph Fouché, unexpectedly, as it were, and sheerly from the pleasure of investigating the complexities of his character."[1]

Closely linked with the Fouché biography and an outcome of the same research is the play *Das Lamm des Armen.* This tragi-comedy bears the hall-mark of Zweig's earlier plays in as much as the author's sympathies are all devoted to the portrayal of the unfortunate victims of superior power, in this case Fourères and his wife, whom

[1] Translation as given by H. Arens in *Stefan Zweig, ed. cit.* page 65.

Napoleon, during the Egyptian Campaign, cunningly snatches from her husband. The cause of the victim of injustice and violence always finds in Zweig a valiant champion.

Marie Antoinette, Bildnis eines mittleren Charakters, was the last book of Zweig's to be published in Germany. The vast amount of research which the biographer put into his task is revealed clearly by the references made to this work in *Die Welt von Gestern,* where he also tells us of the methods he employed in casting the vast material available to him into the shape he wished. The result is a human portrait of the ill-fated Queen, equally removed from panegyrics and defamation.

Bei einer Biographie wie *Marie Antoinette* habe ich tatsächlich jede einzelne Rechnung nachgeprüft, um ihren persönlichen Verbrauch festzustellen, alle zeitgenössischen Zeitungen und Pamphlete studiert, alle Prozeßakten bis auf die letzte Zeile durchgeackert. Aber im gedruckten Buch ist von all dem keine Zeile mehr zu finden, denn kaum daß die erste ungefähre Fassung eines Buches ins Reine geschrieben ist, beginnt für mich die eigentliche Arbeit, die des Kondensierens und Komponierens, eine Arbeit, an der ich mir von Version zu Version nicht genug tun kann ... Dieser Prozeß der Kondensierung und damit Dramatisierung wiederholt sich dann noch einmal, zweimal und dreimal bei den gedruckten Fahnen ... Wenn also manchmal an meinen Büchern das mitreißende Tempo gerühmt wird, so entstammt diese Eigenschaft keineswegs einer natürlichen Hitze oder inneren Erregtheit, sondern einzig jener systematischen Methode der ständigen Ausschaltung aller überflüßigen Pausen und Nebengeräusche, und wenn ich mir irgend einer Art der Kunst bewußt bin, so ist es die Kunst des Verzichtenkönnens, denn ich klage nicht, wenn von tausend geschriebenen Seiten achthundert in den Papierkorb wandern und mir zweihundert als die durchgesiebte Essenz zurückbleiben.[1]

Shortly after the publication of *Marie Antoinette* and while working on the proofs of *Erasmus*, Zweig studies handwritten manuscripts in the British Museum and chances to come across a report on the execution of Mary Stuart. This document starts his mental curiosity working and thus "seeking and making inquiries I found myself dropping into the habit of comparing my earlier findings with recent ones and before I was aware of it I had started writing a book on Mary Stuart which was to keep me in libraries for weeks on end."[2] In the early months of 1934 Zweig had resolved to write the life-story of Mary Stuart.

Compared with the "portrait of an average woman," the plan of this biography differs considerably. We observe many more reflections inserted with the aim of carefully preparing the reader for each climax. The dramatic incidents speak for themselves without any well-chosen similes to illustrate the situation. There are few scenes which could match in intensity the murder of Rizzio or the flight of the Queen from Holyrood House. Mary's really royal character grows to its full stature when her ambition clashes with that of Catherine de' Medici and later Elizabeth I.

The biographies Zweig wrote in exile are *Triumph und Tragik des Erasmus von Rotterdam, Castellio, Magellan* and *Amerigo*. With the exception of the last, which is more in the nature of an inquiry, these biographies bear the unmistakable marks of the circumstances in which they were conceived and written: a struggle against tyranny and

[1] *Die Welt von Gestern*, pages 365–366.
[2] Cp. *Die Welt von Gestern*, page 433.

oppression. Erasmus battles against the enemy of reason: fanaticism, the only thing he hates on earth; Castellio fights against zealots of every kind, against all that endangers "the world's divine manifoldness"; the exploits of valour and endurance performed by Magellan completely outstrip any made by the ferocious conquistadores.

Zweig's last biographical work, dealing with the dynamic figure of Balzac, was intended by the author to represent the culmination of his life's work. Preliminary research and early studies of the life of Balzac are spread over all periods of Zweig's literary career. It was planned as a huge two- or three-volume study of the man and his work, but it has remained an impressive, rough-hewn monument, revealing alike the rugged grandeur of the subject and the masterful skill of portrayal by the biographer.

We have seen Stefan Zweig in his early life as a devoted servant to, and admirer of, genius in his untiring efforts as a translator of prose and verse, in later years as a dramatist, a lecturer, a biographer, but the medium which gained him his widest circle of readers is the narrative. It is the *Novelle* in which his psychological insight, his mastery of words and passion for condensation, blend to achieve perfection.

The final selection of Zweig's considerable output of short stories is made in the volume *Ausgewählte Novellen*, compiled according to the author's own wishes.[1] It is complemented by the volume of *Legenden* and the tale entitled *Schachnovelle*, his farewell gift to the reading public.

All the *Legenden* deal with one subject, no matter what setting the tale may have: man's relation to God and to

[1] Cp. H. Arens: *Stefan Zweig, ed. cit.* page 40.

his fellow men. *Rahel rechtet mit Gott,* the first narrative in the series of *Legenden,* is a tale breathing the elementary passions of the Old Testament. The appeal of Rachel for mercy to be shown to her people reads like a modern author's version of the Psalmist's devotional rhapsodies. It is one of the most impressive examples of Zweig's mastery of words. Truly epic is the portrayal of the Lord's Wrath with which this tale opens:

> Schaudernd erbebten, als so der Ingrimm Gottes zur Stimme ward, die gefesselte Erde und die Höhen des Himmels. Es flohen die Ströme davon und beugten sich die Meere, es wankten die Berge Trunkenen gleich, und sanken die Felsen ins Knie. Die Vögel stürzten tot aus den Lüften, und selbst die Engel bargen ihr Haupt unter die riesigen Flügel, denn auch sie, die Fühllosen, vermochten den Blitz seines Zornblickes nicht zu schauen, und der Schrei seines Ingrimms fuhr ehern in ihr Ohr.[1]

These words reveal the terror of all creation at the anger of the Creator in a way closely akin to descriptions in Genesis. Not only Nature and the Living, but also the Dead are terrified. At this point Zweig portrays in words a vision which suggests the intensity of emotion and flowing rhythm of a drawing by Blake:

> ... auch die Toten wachten auf in ihren Gräbern, und die Seelen der Verstorbenen schraken wach aus ihrem beinernen Schlaf. Denn so ist es geteilt und bestimmt: nicht dürfen die Toten Gottes Antlitz schauen — einzig die Engel ertragen solch ein Unmaß lodernden Lichts —, doch die Posaunen des Gerichts zu hören und seine Stimme zu vernehmen ist ihnen gegönnt. So stunden die Toten senkrecht auf in ihren Gräbern und fuhren nach oben. Flatternd wie Vögel wider großen Wind, scharten sich die Seelen der

[1] Stefan Zweig: *Legenden* (Stockholm, 1948), page 9.

Väter und Urväter alldort im Kreise, damit sie vereint den Allmächtigen anflehten und die Rache wendeten von ihren Kindern und den Zinnen der heiligen Stadt. Isaak und Jakob und Abraham, die Erzväter, einer gedrängt an den andern, traten vor zur rauschenden Bitte. Doch der Donner zerbrach ihren Ruf ... Und da nun die Erzväter hinsanken in die Ohnmacht des Worts, traten vor die Propheten Moses, Samuel, Elias und Elisa, die Gottes eigene Rede im Munde trugen, sie traten vor, die Männer der feurigen Zunge, und hoben ihr Herz an die Lippe. Doch der Herr achtete ihrer Rede nicht, und sein Wind schlug den Uralten ihr Wort zurück in die Bärte. Und schon schärften sich die Blitze, um ihr fressendes Feuer in Turm und Tempel zu werfen.[1]

This thunder of wrath wreathed with supplications forms the background to one of the most impassioned pleas for mercy which this champion of the oppressed has ever penned. The moving feature of Rachel's 'psalm' is her repeated reference to the Lord's knowledge of her own struggle against the injury done her and how she conquered her own bitterness and wish for revenge by mercy and love.

This appeal to God's mercy as the noblest feature given by the Creator to man causes the Lord to stay his hand; silence now descends upon the turbulent earth:

Nichts ist furchtbarer auf Erden und in den Himmeln und in den schwebenden Wolken zwischen ihnen denn Gottes Schweigen. Wenn Gott schweigt, dann endet die Zeit und vergeht das Licht, dann ist Tag von Nacht nicht mehr geschieden und in allen Welten nur mehr das Leere des Anbeginns. Was Regung hat, hört auf, sich zu regen, was fließt, stockt in dem Flusse, das Blühende kann nicht

---

[1] *Legenden, ed. cit.* pages 10–11.

mehr blühen, das Meer nicht mehr strömen ohne sein innerliches Wort. Kein irdisches Ohr aber kann es tragen, das Dröhnen dieser Stille, kein irdisches Herz sich halten wider den Andrang dieses Leeren.[1]

This supreme silence is broken by the heartrending cry that the Lord may show his divine mercy as Rachel herself had shown this identical though limited quality in her own trial, thus bearing witness to the divine spark in the human soul.

The intensity of Rachel's faith has saved the City of Jerusalem and light and splendour again shine about the Lord. The radiance of God's countenance grows to infinite glory till the firmaments can no longer endure such abundance and overflow with the rush of light. The tears of humanity have again reconciled sinful man and forgiving God:

Die Menschen aber tief unten, ewig dem Ratschluß der Himmlischen fremd, sie ahnten noch immer nicht, was ob ihren Häuptern geschah. ... Da war plötzlich dem einen und andern, als ob über ihnen ein sanftes Sausen anhübe gleich einem märzlichen Wind. Unsicher blickten sie auf und erstaunten. Denn auf der zerspaltenen Wand des Gewölks stieg mit einmal ein Regenbogen herrlich nach oben und trug in den sieben Farben des Lichts ihre Tränen Rahel, der Mutter, entgegen.[2]

Rachel has revealed one aspect of the theme underlying the *Legenden*: the relation of Man to God. *Die Augen des ewigen Bruders* deals with the second: Man's relation to his fellowmen.

This tale is set in India, and all its characters are Indian.

---

[1] *Legenden, ed. cit.* page 24.
[2] *Legenden*, page 27.

The keynote of this *Novelle* is compassion for the suffering of others. Virata renounces all honours as a warrior when he finds that he has caused his own brother's death while suppressing an uprising against the king. Later Virata also lays down the office of supreme judge when a criminal brought before him convinces him that he has no right to inflict a punishment:

> Gerecht gemessen? Wo aber ist dein Maß, du Richter, nach dem du missest? Wer hat dich gegeißelt, daß du die Geißel kennst, wie zählst du die Jahre spielerisch an den Fingern, als ob sie ein gleiches wären, wie Stunden im Licht und die verschütteten im Dunkel der Erde? Hast du im Kerker gesessen, daß du weißt, wie viele Frühlinge du nimmst von meinen Tagen? Ein Unwissender bist du und kein Gerechter, denn nur wer ihn fühlt, weiss um den Schlag, nicht wer ihn führt.[1]

Virata changes places with the condemned culprit and is scourged; he also divests himself of all earthly possessions when he sees his sons whip a slave. Even his peaceful life as a hermit comes to a sudden end when he encounters the hardship caused by Paratika leaving his family and following him in his quest for peace. Finally, the fêted warrior, honoured judge and revered hermit becomes one of the meanest servants of the king; the man of action, accustomed to command, has found that the link between men is forged by compassionate service.

In the end he dies mourned by none, forgotten by all.

The message embodied in *Die Augen des ewigen Bruders* is important and one which Zweig himself felt keenly, but when compared with the conviction expressed in *Rahel rechtet mit Gott* and again in *Der begrabene Leuchter*, the tale of Virata leaves one unmoved. The author feels

[1] *Legenden, ed. cit.* page 44.

no affinity with the people or the setting. The tale makes a purely intellectual appeal, but does not warm the heart. Neither the masterful structure of the *Novelle* nor the magic of words bring the people to life, and the scenes remain strangely flat, giving the impression of an Indian painting rather than rounded life.

The author's lack of sympathy and understanding for India have not been outweighed by the message he wants to convey to the reader. The result is that *Die Augen des ewigen Bruders* remains the weakest of these *Novellen*. The themes of these first two tales have been fused with real genius into a synthesis in *Der begrabene Leuchter*.

Benjamin Marnefesch's dealings with his fellow men, Jews as well as Gentiles, reveal his own relations to God. His surrender to God's will and the humility with which he serves Man, cause Benjamin to grow in stature far beyond human proportion, he embraces the infinite and his eyes mirror the heavens:

> Die Arme hielt er, als wolle er ein Unendliches umfassen weit von sich gebreitet, offen und mit gespreiteten Fingern spannten sich die Handflächen wie die eines, der großes Geschenk empfangen soll. Hell standen in dem friedlich verklärten Gesicht des selig Ruhenden die Augen aufgetan. Und als einer der Kaufleute sich beugte, sie fromm dem Toten zu verschließen, sah er, daß sie voll Lichtes waren und daß in ihren runden ruhenden Sternen der ganze Himmel sich spiegelte.[1]

What was the life of this man depicted after death by the author in such words?

The tale opens with the description of the panic in Rome at the news of the approach of the Vandals. No

---

[1] *Legenden, ed. cit.* page 208.

resistance is offered and the city falls into apathy: "Schwer drückend wie ein fauler, sumpfiger Dunst lag das Vorgefühl eines Fürchterlichen über den verstummten, lichtlosen Häusern."[1] The well disciplined warriors draw nearer and nearer to the walls. Only the Pope goes out to meet the Vandal King and intercede with him to spare the Holy City. He succeeds in his plea and the barbarians remove with studied care every object of value, but no building is set on fire and no blood shed. Now that the historical, geographical and cultural scene is set, the author's interest narrows to the Jewish community in Rome at that time. Their fate is indeed pitiful, they are the scapegoats for all misfortune, and now the city is being methodically pillaged: "Alles Böse der Welt, sie wußten es, wurde unweigerlich zum Bösen für sie, und sie wußten auch längst, daß es gegen dies ihr Schicksal kein Auflehnen gab, denn überall und allorts waren sie wenige, überall und allorts waren sie schwach und ohne Gewalt. Ihre einzige Waffe war das Gebet."[2] Thus Faith and Humility are allotted their position of significance in the tale.

The terror among the oppressed at times of crisis is depicted in words which bring back to our minds the perilous nights of Jewish persecution of our own time in Germany and Austria:

> Plötzlich schraken sie auf, ein Ruck riß schroff die gebeugten Rücken empor. Außen war heftig der Klopfer an die Tür gefallen. Und immer, es saß ihnen schon im Blute, erschraken sie vor allem Plötzlichen, die Juden der Fremde. Denn was konnte Gutes kommen, wenn eine Tür ging in der Nacht? Das Murmeln riß ab, wie mit einer

[1] *Legenden, ed. cit.* page 83.
[2] *Legenden*, page 90.

Schere zerschnitten, deutlicher jetzt vernahm man durch die Stille den gleichgültig weiterplätschernden Fluß.[1]

The message brought to those assembled in prayer is indeed an almost mortal blow: the sacred candelabrum, the Menorah, is to be removed among other booty to the Vandal capital across the sea. The effect of this news is immediate and unnerving: "Die Juden taumelten gegeneinander wie Trunkene, sie schlugen sich mit Fäusten die eigene Brust, sie hielten sich klagend die Hüften, als brenne sie ein Schmerz, wie plötzlich Geblendete tobten die alten bedächtigen Männer."[2]

The highly respected leader of the community, Rabbi Elieser, authoritatively restores order and, as there is no way of saving the Menorah, eleven old men and one child of seven all under the leadership of Rabbi Elieser go out into the night to follow the sacred candelabrum to the ship on its journey into yet another foreign and hostile land. The child Benjamin was to be the last to see the sacred object and, because of his youth, to keep alive the memory of this pilgrimage of the old men paying their homage to the relic from Solomon's Temple. The last glimpse of this treasure as seen by the reverend party at the quayside is described in most moving terms: "Mit beiden Händen, der rechten und der linken, stemmte der breitschultrige Neger die goldene Menorah hoch, um die schwere, überschwere Last im Gleichgewicht zu halten, während er dem schwanken Brett der Lauftreppe zueilte: fünf Schritte, vier Schritte noch und für immer war das Heiligtum entschwunden!"[3]

The child makes a spontaneous rush to save the relic.

---

[1] *Legenden*, ed. cit. page 91.
[2] *Legenden*, ed. cit. page 93.
[3] *Legenden*, ed. cit. page 128.

trips up the Negro slave carrying it, and the huge candelabrum crashes to the ground, breaking Benjamin's arm in its fall. The slave quickly shoulders his burden again and hurries with it into the hold of the ship. In a moment forty oarsmen move the ship away from the quay towards the open sea.

The old men return with the child whose injury by the falling candelabrum causes him to be regarded with great respect in the community and given the name Marnefesch, 'the sorely tried'.

Some eighty years elapse between the first and second part of the *Novelle*. This fact is linked by the author to the main theme underlying the story: service to God and Man. He enumerates the names of emperors and potentates who have come and gone in that time without leaving a mark behind, but the life of Benjamin goes on as though death had no power over him and his very presence in the community is regarded as evidence of great things to come.

Again as in the first part we meet the Jews at prayer and as it is their great Day of Mourning they have assembled in the cemetery. The atmosphere of decay is evident everywhere. "Falter von satter Buntheit schwirrten um die hockenden Juden wie um vermorschte Stämme, Libellen mit regenbogenfarbigen Flügeln setzten sich sorglos auf ihre gebeugten Schultern, und im fetten Grase spielten Käfer um ihren Schuh."[1] Again, as in the earlier instance, the assembly is interrupted and the news brought deals with the fate of the Menorah. The Vandals are defeated by Belisarius and the candelabrum once more has to cross the seas, this time to Byzantium.

The certainty rushes in upon the old man's mind that it

[1] *Legenden, ed. cit.* page 135.

INTRODUCTION

is his lot yet again to see the sacred relic. He selects a companion for the long journey from Rome to Byzantium, and they set out on their quest of the Menorah.

Once again, as in the earlier part of the *Novelle*, we witness another mass scene set in a circus; in the first case it was the panic caused by the news of the arrival of the Vandals, in this case it is the triumph of Belisarius in Byzantium. The sight of the candelabrum serves as a divine message to Benjamin that it is his task to rescue the sacred object. He is confirmed in this by the repeated requests from the Jewish community, and at last he humbly submits to their wish that he should beg the Emperor Justinian for the return of the Menorah to the Jews.

Benjamin's audience with the Emperor has features closely akin to the prayer of Rachel to the Lord in *Rahel rechtet mit Gott*, but here the pleading Jew's humanity raises him to a divine level and the malicious Emperor into whose features he gazes sinks to the level of inanimate power: "Unbeweglich blieb der Basileus. Seine Pupille starrte wie grüner Stein, das Lid regte, die Braue bewegte sich nicht. Hart blickte er hinweg über den Greis. Denn gleichgültig schien es ihm, dem Kaiser, was zu seinen Füßen geschah und welch Gewürm gerade den Saum seines Kleides bekroch."[1] Needless to say the request is refused.

This rebuff is a serious blow to the Jews who had laid all their hopes in the arrangement of the audience. Old Benjamin himself is deeply moved by the failure of his mission, but submits to the inexplicable ways of God. He tells the members assembled in the Synagogue of Pera to forget the name of him who was not the predestined one

[1] *Legenden, ed. cit.* page 166.

and to await patiently the arrival of the right one sent to save the people and the Menorah.

In his frustration the old man now in his eighty-eighth year prays for death, but he awakes to find Zacharias, the Imperial Goldsmith, sitting by his side. Zacharias has made an exact replica of the candelabrum as he has made copies of other treasures for Justinian. Zacharias' copy is so faithful down to the minutest detail that he is obliged to make a mark on the stamen of one of the floral ornaments in order to distinguish the copy from the original. The Imperial Treasurer, when asked to make his choice, decides on the replica for the Treasury. The Menorah is now free.

Benjamin, however, is so moved by the vicissitudes of the sacred candelabrum that he decides to bury it: "Solange die Gewalt noch gilt über den Völkern, hat das Heilige nirgends Frieden auf Erden. Nur unter der Erde ist Friede. Dort ruhen die Toten mit waagrechtem Fuß von ihrem Wandern, dort glänzt keinem Räuber das Gold und reizt die Begierde. In Frieden ruhe er dort, der Heimgekehrte, von tausend Jahren des Wanderns."[1]

Thus the old man whose whole life has been moulded by the fate of the Menorah sails with his priceless charge to the Holy Land where he buries the treasure in a grave, the position of which no other person knows. The moment the coffin containing the last relic from Solomon's Temple is lowered into the secret grave, the light of the moon breaks through the veil of cloud: ". . . es war, als blickte aus der Mitte des Himmels zwischen dunklen Lidern ein riesiges weißes Auge herab. Nicht wie ein irdisches Auge war es, beschattet und bewimpert, weich und vergänglich, sondern ein Auge, rund und hart

[1] *Legenden, ed. cit.* page 197.

wie aus Eis, ewig und unzerstörbar . . . Benjamin wußte: ein anderes Auge als das seine hatte des Leuchters Stätte erschaut."[1] Humility to God and Man had prevailed over the transitory power of man's making and the Menorah is now at rest. The servant of God who did not despise serving his fellow men enters into the peace of his forefathers still clinging fast to his secret: "es war, als hielte er, noch über den eigenen Tod, zwischen den Zähnen ein Geheimnis fest."[2]

As the *Legenden* combine to give Zweig's views on the relations between God and Man, so the *Ausgewählten Novellen* may be regarded as a collection of psychological studies. This bias of the author towards the psychological penetration of character has been observed earlier in this outline of his life and work. He himself was fully aware of the attraction which such problems had for him: "Rätselhafte psychologische Dinge haben über mich eine geradezu beunruhigende Macht, es reizt mich bis ins Blut, Zusammenhänge aufzuspüren, und sonderbare Menschen können mich durch ihre bloße Gegenwart zu einer Leidenschaft des Erkennenwollens entzünden . . ."[3]

All the tales included in this collection reveal this feature. Irrespective of social position, race, nationality or moral integrity, Zweig is lured by the psychologically strange, almost bizarre character: the pickpocket in his canary-coloured coat, the Jewish bookworm, the Russian separated from his homeland, and the blind art collector, whose economic plight has forced his family to sell his etchings, but who is oblivious of the fact.

[1] *Legenden, ed. cit.* pages 205–206.
[2] *Legenden, ed. cit.* page 208.
[3] *Ausgewählte Novellen* (Bermann-Fischer, Stockholm, 1946), page 17.

From the huge and patriarchal figures that pervade the *Legenden* to *Buchmendel* is indeed a far cry. The author has left the company of the giants, a fact which may make Mendel appear smaller than he really is.

In order to emphasize the remoteness of Mendel from reality with all its harshness, Zweig does not let him actually appear in the tale. He has passed away even before the story opens. He is seen mellowed by memory, thus making him something of a creature of fancy rather than of hard fact. Even the table at which he used to sit in the Café Gluck is in the back parlour, and the author has to probe into the depths of his "overgrown and stifled self" to conjure up once more before his eyes the features of the man he endearingly calls a 'bibliosaurus'. Mendel is not quite human, he is the embodiment of extreme individualism and single-mindedness and his conflict with the military authorities during World War I represents a clash between individualism which knows no frontiers or boundaries, and the narrow limits of nationalism.[1]

Small wonder that he should be referred to as belonging to "a species rapidly becoming extinct", and so worthy of our interest. The fervour of the author's own feelings at "the senseless, superfluous and thus morally inexcusable concentration camps in which are detained civilians well beyond the age for combatant service" clearly shows where Zweig's own sympathies lie in this struggle. Apart from the obvious interpretation of *Buchmendel* as a psychological study of character we cannot overlook the deeper significance of this *Novelle* as the

[1] Friderike Zweig, in her biography of her husband, stresses the fact that Mendel is a figure entirely of Zweig's invention and not modelled on a living person. This justifies the above interpretation.

portrayal of an ideal—world union through books—viewed by less progressive minds as an oddity and in the end destroyed by the blind forces of nationalism unleashed in war.

Die Episode am Genfer See likewise deals with the problems arising from the conflict of World War I. In *Buchmendel* we find the world of books clashing with hard realities. In *Die Episode am Genfer See* it is the emotional realm of love of country, but removed from any narrow nationalist interpretation. The Russian yearns for his homeland and his own homestead, unaware of the political conflict existing at the time.

The emotional blindness of the Russian and the intellectual blindness of Mendel is matched by the physical darkness in which the art collector of *Die unsichtbare Sammlung* spends his life.

Here Zweig has depicted the tragic effects of the aftermath of war on one of the innumerable middle class families of Germany. The figures we encounter here are not inventions, but real people struggling valiantly to keep up appearances. Circumstances are such that the wife and daughter are obliged to sell one by one the treasured etchings from the old father's collection of prints. This plight is bad enough, but it is rendered heart-breaking by the fact that the old man is blind and this need to ransack the collection must be kept a closely guarded secret. The retired army officer, the Jewish bookworm and the simple Russian live ensconced in a world of their own, they all clash with reality as represented by the ravages of war. These three tales reveal Zweig as a champion of the victims of war and violence which cause tragic conflicts in the souls of the ideally minded, irrespective of social class or even race.

When comparing *Buchmendel* and *Die unsichtbare Sammlung* the idea of humanity inherent in both has undergone a development. In the old Jew we have a premature appearance of the idea. The time is not yet ripe for its realization, therefore Mendel cannot live, but leaves a legacy of thought to the simple people (the despised 'Schokoladenfrau') and the scholars (the author). In *Die unsichtbare Sammlung* the idea is more mature, it has actually become something tangible and respected, a vision in the blind soldier, a vision of the unrestricted realm of art. The old man may be physically blind, but he has seen the province of humanity for which the Jew and the Russian had groped, a province the realization of which Zweig had hoped and striven for all his life and for the sight of which he was so 'impatient'.

Unvermutete Bekanntschaft mit einem Handwerk does not in any way touch a political or an economic problem. It is purely a psychological study. Here we find Zweig no longer outlining an idea and adorning it with the experiences of the characters, but just letting his analytical mind work on a subject: the pickpocket. The antics of the thief are depicted with marked humour and Zweig follows them with the delight of a sportsman following his quarry. Only the end of the *Novelle* shows that, even when humorous, the warm feeling of sympathy for the under-privileged lurks very close to the surface in the author's make-up.

In his last literary work, *Schachnovelle*, Zweig once again returns to the ideal so impatiently sought: universal humanity. The tale bears all the marks of emotional turmoil that characterize the closing period of its author's life. The remarkable feature of this *Novelle* is the masterly style in which this mental chaos is couched in a narrative of amazing clarity and presented with astonishing discipline and restraint.

The structure of the tale is that of a *Rahmenerzählung*, with the added complication that not only do both interlocking tales have the same central character, but also the same subject: the game of chess. In the course of the narrative both players, the champion Mirko Czentovic and Dr. B., lose whatever individuality they may have had and become, like Mendel, an embodiment of ideals. The champion represents the unimaginative, blunt and intolerant approach, whereas Dr. B. embodies that of the super-sensitive and highly intellectual person.

The scene of the story is laid on board an ocean liner, a setting which takes on a special significance when we consider the restlessness in Zweig's nature, so particularly marked in the last phase of his life. Like the figures of his last *Novelle*, the author was always moving towards a destination which he never reached, always involved in "the movement and bustle of the last hour."

The flashing bulbs of the Press photographers pick out for special attention from among the vast multitude the figure of the chess champion. The man himself, however, proves to be most elusive and is portrayed by an indirect character sketch gleaned from Press reports. A person of unrelenting materialism emerges and this feature is given an impressive spotlight; Czentovic can only be enticed onto the stage of the story by an offer of 250 dollars for each match in which he is engaged.

In complete contrast to this blatant greed is the purely altruistic action which introduces Dr. B.: he warns McConnor of an unwise move. In every respect Dr. B. is the very antithesis of Czentovic, physically, intellectually and morally.

The request to ask the mysterious stranger to play a game against the champion gives the opportunity to insert Dr. B.'s tale. Here Zweig gives a moving picture of the mental anguish of a man who is steadily being driven to the brink of insanity by persistent isolation from his fellow men. The horrors of solitary confinement are brought before our eyes with terrifying clarity. Yet he is snatched from the brink of the abyss and restored to health so that others may benefit from his own ordeal, which has developed in him that excessive imagination totally lacking in Czentovic.

"The passionate hatred and dangerous tension" with which these two characters answer the challenge is far beyond the scope of the game of chess. The men have by now become opposing principles: refinement and coarseness, intellect and base cravings, humanity and barbarity. The outcome of the contest reveals the deep melancholy of Zweig's last days.

Dr. B's memories carry him away, and he makes a false move because he confuses a game he is playing in his imagination with the one actually before him. This confusion between fact and imagination—a danger so familiar to every poet and thinker—causes the end of the match with a seeming triumph of the materialistic principle. The solitary confinement of Dr. B. becomes representative of the isolation of the author in a world of hatred and hostility. The defeat of Dr. B. in chess becomes the defeat of Zweig in life when he sees the deterioration and collapse of all that he had striven to attain for the advancement of humanity and the brotherhood of man.

SELECT BIBLIOGRAPHY

ARENS, H: *Der Große Europäer, Stefan Zweig* (studies by various authors), 1956.

ARENS, H: *Stefan Zweig: sein Leben und sein Werk*, 1951.

COURTS, G: *Das Problem des unterliegenden Helden in den Dramen Stefan Zweig*, 1962.

DUMONT, R: *Stefan Zweig et la France*, 1967.

FITZBAUR, (Ed.): *Stefan Zweig: Spiegelungen einer Schöpferischen Personlichkeit.*

KLAWITER R. J: *Stefan Zweig: a bibliography.*

LUCAS, W. I: *Stefan Zweig* (German Men of Letters, Vol II, 1963).

ZWEIG. F. M: *Stefan Zweig.*

Buchmendel

NOTE

An asterisk indicates that the word or phrase so marked is dealt with in the notes at the end of the book.

Wieder einmal in Wien und heimkehrend von einem Besuch in den äußern Bezirken, geriet ich unvermutet in einen Regenguß, der mit nasser Peitsche die Menschen hurtig in Haustore und Unterstände jagte, und auch ich selbst suchte schleunig nach einem schützenden Obdach. Glücklicherweise wartet nun in Wien an jeder Ecke ein Kaffeehaus* — so flüchtete ich in das gerade gegenüberliegende, mit schon tropfendem Hut und arg durchnäßten Schultern. Es erwies sich von innen als Vorstadtcafé hergebrachter, fast schematischer Art, ohne die neumodischen Attrappen* der Deutschland nachgeahmten innerstädtischen Musikdielen,* altwienerisch bürgerlich und vollgefüllt mit kleinen Leuten, die mehr Zeitungen konsumierten als Gebäck. Jetzt um die Abendstunde war zwar die ohnehin schon stickige Luft mit blauen Rauchkringeln dick marmoriert, dennoch wirkte dies Kaffeehaus sauber mit seinen sichtlich neuen Samtsofas und seiner aluminiumhellen Zahlkasse:* in der Eile hatte ich mir gar nicht die Mühe genommen, seinen Namen außen abzulesen, wozu auch? — Und nun saß ich warm und blickte ungeduldig durch die blauüberflossenen Scheiben, wann es dem lästigen Regen belieben würde, sich ein paar Kilometer weiter zu verziehen.

Unbeschäftigt saß ich also da und begann schon jener trägen Passivität zu verfallen,* die narkotisch jedem wirklichen Wiener Kaffeehaus unsichtbar entströmt.* Aus diesem leeren Gefühl blickte ich mir einzeln die Leute an, denen das künstliche Licht dieses Rauchraums ein ungesundes Grau um die Augen schattete,* schaute dem Fräulein an der Kasse zu, wie sie mechanisch Zucker und Löffel für jede Kaffeetasse dem Kellner austeilte, las halbwach und unbewußt die höchst gleichgültigen Plakate an den Wänden, und diese Art Verdumpfung* tat beinahe wohl. Aber plötzlich ward ich auf merkwürdige Weise aus meiner Halbschläferei gerissen, eine innere Bewegung begann unbestimmt unruhig in mir, so wie ein kleiner Zahnschmerz beginnt, von dem man noch nicht weiß, ob er von links, von rechts, vom untern oder obern Kiefer seinen Ausgang nimmt; nur ein dumpfes Spannen fühlte ich, eine geistige Unruhe. Denn plötzlich — ich hätte es nicht sagen können, wodurch — wurde mir bewußt, hier mußte ich schon einmal vor Jahren gewesen und durch irgendeine Erinnerung diesen Wänden, diesen Stühlen, diesen Tischen, diesem fremden, rauchigen Raum verbunden sein.

Aber je mehr ich den Willen vortrieb,* diese Erinnerung zu fassen, desto boshafter und glitschiger wich sie zurück — wie eine Qualle ungewiß leuchtend auf dem untersten Grunde des Bewußtseins und doch nicht zu greifen, nicht zu packen. Vergeblich klammerte ich den Blick an jeden Gegenstand der Einrichtung; gewiß, manches kannte ich nicht, wie die Kasse zum Beispiel mit ihrem klirrenden Zahlungsautomaten und nicht diesen braunen Wandbelag aus falschem Palisanderholz, alles das mußte erst später aufmontiert* worden sein. Aber doch, aber doch, hier war ich einmal gewesen vor zwanzig Jahren und länger, hier haftete, im Unsichtbaren versteckt wie der Nagel im Holz, etwas von meinem eigenen, längst überwachsenen Ich. Gewaltsam streckte und stieß ich alle meine Sinne vor in den Raum und gleichzeitig in mich hinein — und doch, verdammt! ich konnte sie nicht erreichen, diese verschollene, in mir selbst ertrunkene Erinnerung.

Ich ärgerte mich, wie man sich immer ärgert, wenn

irgendein Versagen einen die Unzulänglichkeit und Unvollkommenheit der geistigen Kräfte gewahr werden läßt. Aber ich gab die Hoffnung nicht auf, diese Erinnerung doch noch zu erreichen. Nur einen winzigen Haken, das wußte ich, mußte ich in die Hand kriegen, denn mein Gedächtnis ist sonderbar geartet, gut und schlecht zugleich, einerseits trotzig und eigenwillig, aber dann wieder unbeschreiblich getreu. Es schluckt das Wichtigste sowohl an Geschehnissen als auch an Gesichtern, an Gelesenem wie an Erlebtem oft völlig hinab in seine Dunkelheiten und gibt nichts aus dieser Unterwelt ohne Zwang, bloß auf den Anruf* des Willens heraus. Aber nur den flüchtigsten Halt muß ich fassen, eine Ansichtskarte, ein paar Schriftzüge auf einem Briefkuvert, ein verräuchertes Zeitungsblatt,* und sofort zuckt das Vergessene wie an der Angel der Fisch aus der dunkel strömenden Fläche völlig leibhaft und sinnlich wieder hervor. Jede Einzelheit weiß ich dann eines Menschen, seinen Mund und im Mund wieder die Zahnlücke links bei seinem Lachen, und den brüchigen Tonfall dieses Lachens und wie dabei der Schnurrbart ins Zucken kommt und wie ein anderes, neues Antlitz heraustaucht* aus diesem Lachen — alles das sehe ich dann sofort in völliger Vision und weiß auf Jahre zurück jedes Wort, das dieser Mensch mir jemals erzählte. Immer aber bedarf ich, um Vergangenes sinnlich zu sehen und zu fühlen, eines sinnlichen Anreizes, eines winzigen Helfers aus der Wirklichkeit. So schloß ich die Augen, um angestrengter nachdenken zu können, um jenen geheimnisvollen Angelhaken zu formen und zu fassen. Aber nichts! Abermal nichts! Verschüttet und vergessen! Und ich erbitterte mich derart über den schlechten, eigenwilligen Gedächtnisapparat zwischen meinen Schläfen, daß ich mit den Fäusten mir die Stirne hätte schlagen können, so wie man einen verdorbenen Automaten anrüttelt, der widerrechtlich das Geforderte zurückbehält. Nein, ich konnte nicht länger ruhig sitzenbleiben, so erregte mich dieses innere Versagen, und ich stand vor lauter Ärger auf, mir Luft zu machen. Aber sonderbar — kaum daß ich die ersten Schritte durch das Lokal getan, da begann es schon, flirrend und funkelnd, dieses erste phosphoreszierende Dämmern in mir. Rechts von der Zahlkasse, erinnerte ich mich, mußte es hinübergehen in einen fensterlosen und nur von künstlichem Licht erhellten Raum. Und tatsächlich: es stimmte. Da war es, anders tapeziert als damals, aber doch genau in den Proportionen, dies in seinen Konturen verschwimmende rechteckige Hinterzimmer, das Spielzimmer. Instinktiv sah ich mich um nach den einzelnen Gegenständen, mit schon freudig vibrierenden Nerven (gleich würde ich alles wissen, fühlte ich). Zwei Billarde lungerten als grüne lautlose Schlammteiche* darin, in den Ecken hockten Spieltische, an deren einem zwei Hofräte oder Professoren Schach spielten. Und in der Ecke, knapp beim* eisernen Ofen, dort, wo man zur Telephonzelle ging, stand ein kleiner viereckiger Tisch. Und da blitzte es mich plötzlich durch und durch. Ich wußte sofort, sofort, mit einem einzigen heißen, beglückt erschütterten Ruck: mein Gott, das war ja Mendels Platz, Jakob Mendels, Buchmendels, und ich war nach zwanzig Jahren wieder in sein Hauptquartier, in das Café Gluck* in der obern Alserstraße, geraten. Jakob Mendel, wie hatte ich ihn vergessen können, so unbegreiflich lange, diesen sonderbarsten Menschen und sagenhaften Mann, dieses abseitige* Weltwunder, berühmt an der Universität und in einem engen, ehrfürchtigen Kreis — wie ihn aus der Erinnerung verlieren, ihn, den Magier und Makler der

Bücher, der hier täglich unentwegt* saß von morgens bis abends, ein Wahrzeichen* des Wissens, Ruhm und Ehre des Café Gluck!

Und nur diese eine Sekunde lang mußte ich den Blick nach innen wenden hinter die Lider, und aufstieg schon aus dem bildnerisch erhellten Blut seine unverkennbare, plastische Gestalt.* Ich sah ihn sofort leibhaftig, wie er dort immer saß an dem viereckigen Tischchen mit der grauschmutzigen Marmorplatte, der allzeit mit Büchern und Schriften überhäuften. Wie er dort unentwegt und unerschütterlich saß, den bebrillten Blick hypnotisch starr auf ein Buch geheftet, wie er dort saß und im Lesen summend und brummend seinen Körper und die schlecht polierte, fleckige Glatze vor- und zurückschaukelte, eine Gewohnheit, mitgebracht aus dem Cheder,* der jüdischen Kleinkinderschule des Ostens.* Hier an diesem Tisch und nur an ihm las er seine Kataloge und Bücher, so wie man ihn das Lesen in der Talmudschule* gelehrt, leise singend und sich schwingend, eine schwarze, schaukelnde Wiege. Denn wie ein Kind in Schlaf fällt und der Welt entsinkt durch dieses rhythmisch hypnotische Auf und Nieder, so geht nach der Meinung jener Frommen auch der Geist leichter ein in die Gnade der Versenkung dank diesem Sichwiegen und Sichschwingen des müßigen Leibes. Und tatsächlich, dieser Jakob Mendel sah und hörte nichts von allem um sich her. Neben ihm lärmten und krakeelten* die Billardspieler, liefen die Marköre,* rasselte das Telephon; man scheuerte den Boden, man heizte den Ofen, er merkte nichts davon. Einmal war eine glühende Kohle aus dem Ofen gefallen, schon brenzelte* und qualmte zwei Schritt von ihm das Parkett, da erst, am infernalischen Gestank, bemerkte ein Gast die Gefahr und stürzte zu, hastig das Qualmen zu löschen: er selbst aber, Jakob Mendel, nur zwei Zoll weit und schon angebeizt vom Rauch,* er hatte nichts wahrgenommen. Denn er las, wie andere beten, wie Spieler spielen und Trunkene betäubt ins Leere starren, er las mit einer so rührenden Versunkenheit, daß alles Lesen von andern Menschen mir seither immer profan erschien. In diesem kleinen galizischen Büchertrödler* Jakob Mendel hatte ich zum erstenmal als junger Mensch das große Geheimnis der restlosen* Konzentration gesehen, das den Künstler macht wie den Gelehrten, den wahrhaft Weisen wie den vollkommen Irrwitzigen, dieses tragische Glück und Unglück vollkommener Besessenheit.

Hingeführt zu ihm hatte mich ein älterer Kollege von der Universität. Ich forschte damals dem selbst heute noch nur wenig erkannten paracelsischen Arzt und Magnetiseur Mesmer* nach, allerdings mit wenig Glück; denn die einschlägigen Werke erwiesen sich als unzulänglich, und der Bibliothekar, den ich argloser Neuling* um Auskunft gebeten, murrte mich unfreundlich an,* Literaturnachweise* seien meine Sache, nicht die seine. Damals nannte mir nun jener Kollege zum erstenmal seinen Namen. „Ich geh mit dir zu Mendel," versprach er mir, „der weiß alles und verschafft alles, der holt dir das entlegenste Buch aus dem vergessensten deutschen Antiquariat heran.* Der tüchtigste Mann in Wien und überdies noch ein Original, ein vorweltlicher Bücher-Saurier* aussterbender Rasse."

So gingen wir zu zweit ins Café Gluck, und siehe, da saß er, Buchmendel, bebrillt, bartumschludert,* schwarz angetan, und wiegte sich lesend wie ein dunkler Busch im Wind. Wir traten heran, er merkte es nicht. Er saß nur und las und wiegte den Oberkörper pagodenhaft* hin und zurück über den Tisch, und hinter ihm pendelte am Haken sein brüchiger schwarzer Paletot, gleichfalls breit angestopft mit Zeitschriften und Zettelwerk.* Um uns anzukündigen, hustete mein Freund kräftig. Aber Mendel, die dicke Brille hart ans Buch gedrückt, merkte noch nichts. Endlich klopfte mein Freund auf die Tischplatte, genau so laut und kräftig, wie man an eine Türe pocht — da starrte Mendel endlich auf, schob die ungefüge stahlgeränderte Brille mechanisch rasch die Stirn empor, und unter den weggesträubten* aschgrauen Brauen stachen uns zwei merkwürdige Augen entgegen,* kleine, schwarze, wache Augen, flink, spitz und flippend* wie eine Schlangenzunge. Mein Freund präsentierte mich, und ich erläuterte mein Anliegen, wobei ich zuerst — diese List hatte mein Freund ausdrücklich anempfohlen — mich scheinzornig über den Bibliothekar beklagte, der mir keine Auskunft hatte geben wollen. Mendel lehnte sich zurück und spuckte sorgfältig aus. Dann lachte er nur kurz mit stark östlichem Jargon: „Nicht gewollt hat er? Nein — nicht gekonnt hat er! Ein Parch is er, ein geschlagener Esel mit graue Haar. Ich kenn ihn, Gott sei's geklagt, zu gutem schon zwanzig Jahr, aber gelernt hat er seitdem noch immer nix. Gehalt einstecken, dos is das einzige, was die können! Ziegelsteine sollten sie lieber schupfen, diese Herrn Doktors, statt bei die Bücher sitzen."*

Mit dieser kräftigen Herzentladung* war das Eis gebrochen, und eine gutmütige Handbewegung lud mich zum erstenmal an den viereckigen, mit Notizen überschmierten* Marmortisch, diesen mir noch unbekannten Altar bibliophiler Offenbarungen. Ich erklärte rasch meine Wünsche: die zeitgenössischen Werke über Magnetismus sowie alle späteren Bücher und Polemiken* für und

gegen Mesmer; sobald ich fertig war, kniff Mendel eine
Sekunde das linke Auge zusammen,* genau wie ein
Schütze vor dem Schuß. Aber wahrhaftig, nur eine Sekunde dauerte diese Geste konzentrierter Aufmerksam-
keit, dann zählte er sofort, wie aus einem unsichtbaren
Katalog lesend, zwei oder drei Dutzend Bücher fließend
auf, jedes mit Verlagsort, Jahreszahl und ungefährem
Preis. Ich war verblüfft. Obwohl vorbereitet, dies hatte
ich nicht erwartet. Aber meine Verdutztheit schien ihm
wohlzutun; denn sofort spielte er auf der Klaviatur seines
Gedächtnisses die wunderbarsten bibliothekarischen Paraphrasen* meines Themas weiter. Ob ich auch über die
Somnambulisten etwas wissen wolle und über die ersten
Versuche mit Hypnose und über Gaßner,* die Teufels-
beschwörungen und die Christian Science* und die
Blavatsky?* Wieder prasselten die Namen, die Titel, die
Beschreibungen; jetzt erst begriff ich, an ein wie ein-
zigartiges Wunder von Gedächtnis ich bei Jakob Mendel
geraten war, tatsächlich an ein Lexikon, an einen Uni-
versalkatalog auf zwei Beinen. Ganz benommen starrte
ich dieses bibliographische Phänomen an, eingespult* in
die unansehnliche, sogar etwas schmierige Hülle eines
galizischen kleinen Buchtrödlers, der, nachdem er mir
etwa achtzig Namen heruntergerasselt, scheinbar achtlos,
aber innerlich wohlgefällig über seinen ausgespielten
Trumpf, sich die Brille mit einem vormals vielleicht weiß
gewesenen Taschentuch putzte. Um mein Staunen ein
wenig zu bemänteln, fragte ich zaghaft, welche von diesen
Büchern er mir allenfalls besorgen könne. „Nu, man
wird ja sehen, was sich machen läßt", brummte* er.
„Kommen Sie nur morgen wieder her, der Mendel wird
Ihnen inzwischen schon eppes* auftreiben, und was sich
nicht findet, werd sich anderswo finden. Wenn einer

Sechel* hat, hat er auch Glück." Ich dankte höflich und stolperte aus lauter Höflichkeit* sofort in eine dicke Dummheit hinein, indem ich vorschlug, ihm meine gewünschten Buchtitel auf einen Zettel zu notieren. Im gleichen Augenblick spürte ich schon einen warnenden Ellbogenstoß meines Freundes. Aber zu spät! Schon hatte mir Mendel einen Blick zugeworfen — welch einen Blick! — einen gleichzeitig triumphierenden und beleidigten, einen höhnischen und überlegenen, einen geradezu königlichen Blick, den shakespearischen Blick Macbeths, wenn Macduff dem unbesiegbaren Helden zumutet, sich kampflos zu ergeben. Dann lachte er abermals kurz, der große Adamsapfel an seiner Kehle kollerte merkwürdig hin und her, anscheinend hatte er ein grobes Wort mühsam verschluckt. Und er wäre im Recht gewesen mit jeder erdenklichen Grobheit, der gute, brave Buchmendel; denn nur ein Fremder, ein Ahnungsloser (ein „Amhorez",* wie er sagte) konnte eine derart beleidigende Zumutung stellen, ihm, Jakob Mendel, ihm, Jakob Mendel, einen Buchtitel aufzunotieren wie einem Buchhandlungslehrling oder Bibliotheksdiener, als ob dieses unvergleichliche, dieses diamantene Buchgehirn* solch grober Hilfsmittel jemals bedurft hätte. Erst später begriff ich, wie sehr ich sein abseitiges Genie mit diesem höflichen Angebot gekränkt haben mußte; denn dieser kleine, zerdrückte, ganz in seinen Bart eingewickelt und überdies bucklige galizische Jude Jakob Mendel war ein Titan des Gedächtnisses. Hinter dieser kalkigen, schmutzigen, von grauem Moos überwucherten Stirn stand in der unsichtbaren Geisterschrift* jeder Name und Titel wie mit Stahlguß eingestanzt,* der je auf einem Titelblatt eines Buches gedruckt war. Er wußte von jedem Werk, dem gestern erschienenen wie von einem zweihundert

Jahre alten, auf den ersten Hieb* genau den Erscheinungsort, den Verfasser, den Preis, neu und antiquarisch, und erinnerte sich bei jedem Buch mit fehlloser Vision zugleich an Einband und Illustrationen und Faksimilebeigaben,* er sah jedes Werk, ob er es selbst in den Händen gehabt oder nur von fern in einer Auslage oder Bibliothek einmal erspäht hatte, mit der gleichen optischen Deutlichkeit wie der schaffende Künstler sein inneres und der andern Welt noch unsichtbares Gebilde. Er erinnerte sich, wenn etwa ein Buch im Katalog eines Regensburger Antiquariats um sechs Mark angeboten wurde, sofort, daß ebendasselbe in einem andern Exemplar* vor zwei Jahren in einer Wiener Auktion um vier Kronen zu haben gewesen war, und zugleich auch des Erstehers;* nein: Jakob Mendel vergaß nie einen Titel, eine Zahl, er kannte jede Pflanze, jedes Infusorium, jeden Stern in dem ewig schwingenden und ständig umgerüttelten Kosmos des Bücherweltalls.* Er wußte in jedem Fach mehr als die Fachleute, er beherrschte die Bibliotheken besser als die Bibliothekare, er kannte die Lager der meisten Firmen auswendig besser als ihre Besitzer, trotz ihren Zetteln und Kartotheken,* indes ihm nichts zu Gebote stand als Magie des Erinnerns, als dies unvergleichliche, dies nur an hundert einzelnen Beispielen wahrhaft zu explizierende* Gedächtnis. Freilich, dieses Gedächtnis hatte nur so dämonisch unfehlbar sich schulen und gestalten können durch das ewige Geheimnis jeder Vollendung: durch Konzentration. Außerhalb der Bücher wußte dieser merkwürdige Mensch nichts von der Welt; denn alle Phänomene des Daseins begannen für ihn erst wirklich zu werden, wenn sie in Lettern sich umgossen, wenn sie in einem Buche sich gesammelt und gleichsam sterilisiert hatten. Aber auch diese Bücher selbst las er nicht auf ihren Sinn, auf ihren geistigen und erzählerischen Gehalt: nur ihr Name, ihr Preis, ihre Erscheinungsform,* ihr erstes Titelblatt zog seine Leidenschaft an. Unproduktiv und unschöpferisch im letzten, bloß ein hunderttausendstelliges Verzeichnis von Titeln und Namen, in die weiche Gehirnrinde eines Säugetieres eingestempelt statt wie sonst in einen Buchkatalog geschrieben, war dies spezifisch antiquarische Gedächtnis Jakob Mendels jedoch in seiner einmaligen Vollendung als Phänomen nicht geringer als jenes Napoleons für Physiognomien,* Mezzofantis* für Sprachen, eines Lasker* für Schachanfänge, eines Busoni* für Musik. Eingesetzt in ein Seminar,* an eine öffentliche Stelle, hätte das Gehirn Tausende, Hunderttausende von Studenten und Gelehrte belehrt und erstaunt, fruchtbar für die Wissenschaften, ein unvergleichlicher Gewinn für jene öffentlichen Schatzkammern, die wir Bibliotheken nennen. Aber diese obere Welt war ihm, dem kleinen, ungebildeten galizischen Buchtrödler, der nicht viel mehr als seine Talmudschule bewältigt, für ewig verschlossen; so vermochten diese phantastischen Fähigkeiten sich nur als Geheimwissenschaft auszuwirken* an jenem Marmortische des Café Gluck. Doch wenn einmal der große Psychologe kommt (dies Werk fehlt noch immer unserer geistigen Welt), der so beharrlich und geduldig, wie Buffon* die Abarten der Tiere ordnete und klassierte, seinerseits alle Spielarten,* Spezies und Urformen* der magischen Macht, die wir Gedächtnis nennen, vereinzelt schildert und in ihren Varianten darlegt, dann müßte er Jakob Mendels gedenken, dieses Genies der Preise und Titel, dieses namenlosen Meisters der antiquarischen Wissenschaft.

Dem Berufe nach und für die Unwissenden galt Jakob Mendel freilich nur als kleiner Buchschacherer. Allsonntags erschienen in der „Neuen Freien Presse" und im „Neuen Wiener Tagblatt" dieselben stereotypen Anzeigen: „Kaufe alte Bücher, zahle beste Preise, komme sofort, Mendel, obere Alserstraße", und dann eine Telephonnummer, die in Wirklichkeit jene des Café Gluck war. Er stöberte Lager durch, schleppte mit einem alten kaiserbärtigen* Dienstmann allwöchentlich neue Beute in sein Hauptquartier und von dort wieder weg, denn für einen ordnungsmäßigen Buchhandel fehlte ihm die Konzession. So blieb es beim kleinen Schacher,* bei einer wenig einträglichen Tätigkeit. Studenten verkauften ihm ihre Lehrbücher, durch seine Hände wanderten sie vom älteren Jahrgang* zum jeweils jüngeren, außerdem vermittelte und besorgte er jedes gesuchte Werk mit geringem Zuschlag. Bei ihm war guter Rat billig.* Aber das Geld hatte keinen Raum innerhalb seiner Welt; denn nie hatte man ihn anders gesehen als im gleichen abgeschabten* Rock, früh, nachmittags und abends seine Milch verzehrend und zwei Brote, mittags eine Kleinigkeit essend, die man ihm vom Gasthaus herüberholte. Er rauchte nicht, er spielte nicht, ja man darf sagen, er lebte nicht, nur die beiden Augen lebten hinter der Brille und fütterten jenes rätselhafte Wesen Gehirn unablässig mit Worten, Titeln und Namen. Und die weiche, fruchtbare Masse sog diese Fülle gierig in sich ein wie eine Wiese die tausend und aber tausend Tropfen eines Regens. Die Menschen interessierten ihn nicht, und von allen menschlichen Leidenschaften kannte er vielleicht nur die eine, freilich allermenschlichste, der Eitelkeit. Wenn jemand zu ihm um eine Auskunft kam, an hundert andern Stellen schon müde gesucht,* und er konnte auf den ersten Hieb ihm Bescheid geben, dies allein wirkte auf ihn als Genugtuung, als Lust, und vielleicht noch dies, daß in Wien und

auswärts ein paar Dutzend Menschen lebten, die seine
Kenntnisse ehrten und brauchten. In jedem dieser un-
gefügen Millionenkonglomerate, die wir Großstadt
nennen, sind immer an wenigen Punkten einige kleine
Facetten eingesprengt, die ein und dasselbe Weltall auf
kleinwinziger Fläche spiegeln, unsichtbar für die meisten,
kostbar bloß dem Kenner, dem Bruder in der Leidenschaft. Und diese Kenner der Bücher kannten alle Jakob
Mendel. So wie man, wenn man über ein Musikblatt Rat
holen wollte, zu Eusebius Mandyczewski* in die Gesellschaft der Musikfreunde ging, der dort mit grauem
Käppchen freundlich inmitten seiner Akten und Noten
saß und mit dem ersten aufschauenden Blick die schwie-
rigsten Probleme lächelnd löste, so wie heute noch jeder,
der über Altwiener Theater und Kultur Aufschluß
braucht, unfehlbar sich an den allwissenden Vater Glossy*
wendet, so pilgerten mit der gleichen vertrauenden Selbst-
verständlichkeit* die paar strenggläubigen Wiener Biblio-
philen, sobald es eine besonders harte Nuß zu knacken
gab, ins Café Gluck zu Jakob Mendel. Bei einer solchen
Konsultation Mendel zuzusehen bereitete mir jungem
neugierigem Menschen eine Wollust besonderer Art.
Während er sonst, wenn man ihm ein minderes Buch
vorlegte, den Deckel verächtlich zuklappte und nur
murrte*: „Zwei Kronen", rückte er vor irgendeiner
Rarität oder einem Unikum* respektvoll zurück,* legte
ein Papierblatt unter, und man sah, daß er sich auf einmal
seiner schmutzigen, tintigen, schwarznägeligen Finger
schämte. Dann begann er zärtlich-vorsichtig, mit einer
ungeheuren Hochachtung das Rarum* anzublättern,*
Seite für Seite. Niemand konnte ihn in einer solchen
Sekunde stören, so wenig wie einen wirklich Gläubigen
im Gebet, und tatsächlich hatte dies Anschauen, Berühren,

Beriechen und Abwägen,* hatte jede dieser Einzelhandlungen etwas von dem Zeremoniell, von der kultisch geregelten Aufeinanderfolge* eines religiösen Aktes. Der krumme Rücken schob sich hin und her, dabei murrte und knurrte er, kratzte sich im Haar, stieß merkwürdige vokalische Urlaute aus, ein gedehntes, fast erschrockenes „Ah" und „Oh" hingerissener Bewunderung und dann wieder ein rapid erschrecktes „Oi" oder „Oiweh", wenn sich eine Seite als fehlend oder ein Blatt als vom Holzwurm zerfressen erwies.* Schließlich wog er die Schwarte respektvoll auf der Hand, beschnüffelte* und beroch das ungefüge Quadrat mit halbgeschlossenen Augen nicht minder ergriffen als ein sentimentalisches Mädchen eine Tuberose. Während dieser etwas umständlichen Prozedur mußte selbstredend* der Besitzer seine Geduld zusammenhalten. Nach beendetem Examen aber gab Mendel bereitwillig, ja geradezu begeistert, jede Auskunft, an die sich unfehlbar weitspurige* Anekdoten und dramatische Preisberichte von ähnlichen Exemplaren anschlossen. Er schien heller, jünger, lebendiger zu werden in solchen Sekunden, und nur eines konnte ihn maßlos erbittern: wenn etwa ein Neuling ihm für diese Schätzung Geld anbieten wollte. Dann wich er gekränkt zurück wie etwa ein Galeriehofrat,* dem ein durchreisender Amerikaner für seine Erklärung ein Trinkgeld in die Hand drücken will; denn ein kostbares Buch in der Hand haben zu dürfen bedeutete für Mendel, was für einen andern die Begegnung mit einer Frau. Diese Augenblicke waren seine platonischen Liebesnächte. Nur das Buch, niemals Geld hatte über ihn Macht. Vergebens versuchten darum große Sammler, darunter auch der Gründer der Universität in Princeton,* ihn für ihre Bibliothek als Berater und Einkäufer zu gewinnen — Jakob Mendel lehnte ab;

er war nicht anders zu denken als im Café Gluck. Vor dreiunddreißig Jahren, mit noch weichem, schwarzflaumigem* Bart und geringelten Stirnlocken, war er, ein kleines schiefes Jüngel,* aus dem Osten nach Wien gekommen, um Rabbinat zu studieren; aber bald hatte er den harten Eingott* Jehovah verlassen, um sich der funkelnden und tausendfältigen Vielgötterei der Bücher zu ergeben. Damals hatte er zuerst ins Café Gluck gefunden,* und allmählich wurde es seine Werkstatt, sein Hauptquartier, sein Postamt, seine Welt. Wie ein Astronom einsam auf seiner Sternwarte durch den winzigen Rundspalt* des Teleskops allnächtlich die Myriaden Sterne betrachtet, ihre geheimnisvollen Gänge, ihr wandelndes Durcheinander, ihr Verlöschen und Sichwiederentzünden, so blickte Jakob Mendel durch seine Brille von diesem viereckigen Tisch in das andere Universum der Bücher, das gleichfalls ewig kreisende und sich umgebärende,* in diese Welt über unserer Welt.

Selbstverständlich war er hoch angesehen im Café Gluck, dessen Ruhm sich für uns mehr an sein unsichtbares Katheder knüpfte als an die Patenschaft des hohen Musikers, des Schöpfers der „Alceste" und der „Iphigenia": Christoph Willibald Gluck. Er gehörte dort ebenso zum Inventar wie die alte Kirschholzkasse, wie die beiden arg geflickten Billarde, der kupferne Kaffeekessel, und sein Tisch wurde gehütet wie ein Heiligtum. Denn seine zahlreichen Kundschaften und Auskundschafter* wurden von dem Personal* jedesmal freundlich zu irgendeiner Bestellung gedrängt, so daß der größere Gewinnteil seiner Wissenschaft eigentlich dem Oberkellner Deubler in die breite, hüftwärts getragene Ledertasche floß. Dafür genoß Buchmendel vielfache Privilegien. Das Telephon stand ihm frei, man hob ihm seine Briefe auf und besorgte alle Bestellungen; die alte, brave Toilettenfrau bürstete ihm den Mantel, nähte Knöpfe an und trug ihm jede Woche ein kleines Bündel zur Wäsche. Ihm allein durfte aus dem nachbarlichen Gasthaus eine Mittagmahlzeit geholt werden, und jeden Morgen kam der Herr Standhartner, der Besitzer, in persona* an seinen Tisch und begrüßte ihn (freilich meist, ohne daß Jakob Mendel, in seine Bücher vertieft, diesen Gruß bemerkte). Punkt halb acht Uhr morgens trat er ein, und erst wenn man die Lichter auslöschte, verließ er das Lokal. Zu den andern Gästen sprach er nie, er las keine Zeitung, bemerkte keine Veränderung, und als der Herr Standhartner ihn einmal höflich fragte, ob er bei dem elektrischen Licht nicht besser lese als früher bei dem fahlen, zuckenden Schein der Auerlampen,* starrte er verwundert zu den Glühbirnen auf: diese Veränderung war trotz dem Lärm und Gehämmer einer mehrtägigen Installation vollkommen an ihm vorbeigegangen. Nur durch die zwei runden Löcher der Brille, durch diese beiden blitzenden und saugenden Linsen filterten sich die Milliarden schwarzer Infusorien der Lettern in sein Gehirn, alles andere Geschehen strömte als leerer Lärm an ihm vorbei. Eigentlich hatte er mehr als dreißig Jahre, also den ganzen wachen Teil seines Lebens, einzig hier an diesem viereckigen Tisch lesend, vergleichend, kalkulierend verbracht, in einem unablässig fortgesetzten, nur vom Schlaf unterbrochenen Dauertraum.*

Deshalb überkam mich eine Art Schrecken, als ich den orakelspendenden Marmortisch Jakob Mendels leer wie eine Grabplatte in diesem Raum dämmern* sah. Jetzt erst, älter geworden, verstand ich, wieviel mit jedem solchen Menschen verschwindet, erstlich weil alles Einmalige von Tag zu Tag kostbarer wird in unserer rettungslos einförmiger werdenden Welt. Und dann: der junge, unerfahrene Mensch in mir hatte aus einer tiefen Ahnung diesen Jakob Mendel sehr lieb gehabt. Und doch, ich hatte vergessen können — allerdings in den Jahren des Krieges und in einer der seinen ähnlichen Hingabe an das eigene Werk. Jetzt aber, vor diesem leeren Tische, fühlte ich eine Art Scham vor ihm und eine erneuerte Neugier zugleich.

Denn wo war er hin, was war mit ihm geschehen? Ich rief den Kellner und fragte. Nein, einen Herrn Mendel, bedaure, den kenne er nicht, ein Herr dieses Namens verkehre nicht im Café. Aber vielleicht wisse der Oberkellner Bescheid. Dieser schob seinen Spitzbauch* schwerfällig heran, zögerte, dachte nach, nein, auch ihm sei ein Herr Mendel nicht bekannt. Aber ob ich vielleicht den Herrn Mandl meine, den Herrn Mandl vom Kurzwarengeschäft* in der Florianigasse? Ein bitterer Geschmack kam mir auf die Lippen, Geschmack von Vergänglichkeit: wozu lebt man, wenn der Wind hinter unserm Schuh schon die letzte Spur von uns wegträgt? Dreißig Jahre, vierzig vielleicht, hatte ein Mensch in diesen paar Quadratmetern Raum geatmet, gelesen, gedacht, gesprochen, und bloß drei Jahre, vier Jahre mußten hingehen, ein neuer Pharao kommen, und man wußte nichts mehr von Joseph, man wußte im Café Gluck nichts mehr von Jakob Mendel, dem Buchmendel! Beinahe zornig fragte ich den Oberkellner, ob ich nicht Herrn Standhartner sprechen könne, oder ob nicht sonst wer im Hause sei vom alten Personal? Oh, der Herr Standhartner, o mein Gott, der habe längst das Café verkauft, der sei gestorben, und der alte Oberkellner, der lebe jetzt auf seinem Gütel* bei Krems.* Nein, niemand sei mehr da ... oder doch! Ja doch — die Frau Sporschil sei noch da, die Toilettenfrau (vulgo* Schokoladefrau).

Aber die könne sich gewiß nicht mehr an die einzelnen Gäste erinnern. Ich dachte gleich: einen Jakob Mendel vergißt man nicht, und ließ sie mir kommen.

Sie kam, die Frau Sporschil, weißhaarig, zerrauft,* mit ein wenig wassersüchtigen Schritten aus ihren hintergründigen Gemächern* und rieb sich noch hastig die roten Hände mit einem Tuch: offenbar hatte sie gerade ihr trübes Gelaß gefegt oder Fenster geputzt. An ihrer unsicheren Art merkte ich sofort: ihr wars unbehaglich, so plötzlich nach vorn unter die großen Glühbirnen in den noblen Teil des Cafés gerufen zu werden. So sah sie mich zunächst mißtrauisch an, mit einem Blick von unten herauf, einem sehr vorsichtig geduckten Blick. Was konnte ich Gutes von ihr wollen? Aber kaum daß ich nach Jakob Mendel fragte, starrte sie mich mit vollen, geradezu strömenden Augen an, die Schultern fuhren ihr ruckhaft auf. „Mein Gott, der arme Herr Mendel, daß an den noch jemand denkt! Ja, der arme Herr Mendel" — fast weinte sie, so gerührt war sie, wie alte Leute es immer werden, wenn man sie an ihre Jugend, an irgendeine gute vergessene Gemeinsamkeit* erinnert. Ich fragte, ob er noch lebe. „O mein Gott, der arme Herr Mendel, fünf oder sechs Jahre, nein, sieben Jahre muß der schon tot sein. So a lieber, guter Mensch, und wenn ich denk, wie lang ich ihn kennt hab, mehr als fünfundzwanzig Jahr, er war doch schon da, wie ich eintreten bin. Und eine Schand wars, wie man ihn hat sterben lassen."* Sie wurde immer aufgeregter, fragte, ob ich ein Verwandter sei. Es hätte sich ja nie jemand um ihn gekümmert, nie jemand nach ihm erkundigt — und ob ich denn nicht wisse, was mit ihm passiert sei?

Nein, ich wüßte nichts, versicherte ich; sie solle mir erzählen, alles erzählen. Die gute Person tat* scheu und

geniert und wischte immer wieder an ihren nassen
Händen. Ich begriff: ihr war es peinlich, als Toilettenfrau
mit ihrer schmutzigen Schürze und ihren zerstrubbelten*
weißen Haaren hier mitten im Kaffeehausraum* zu
stehen, außerdem blickte sie immer ängstlich nach rechts
und links, ob nicht einer der Kellner zuhöre. So schlug
ich ihr vor, wir wollten hinein in das Spielzimmer, an
Mendels alten Platz: dort solle sie mir alles berichten.
Gerührt nickte sie mir zu, dankbar, daß ich sie verstand,
und ging voraus, die alte, schon ein wenig schwankende
Frau, und ich hinter ihr. Die beiden Kellner staunten uns
nach, sie spürten da einen Zusammenhang, und auch
einige Gäste verwunderten sich über uns ungleiches Paar.
Und drüben an seinem Tisch erzählte sie mir (manche
Einzelheit ergänzte mir später anderer Bericht) von
Jakob Mendels, von Buchmendels Untergang.

Ja also, er sei, so erzählte sie, auch nachher noch, als der
Krieg schon begonnen, immer noch gekommen, Tag um
Tag um halb acht Uhr früh, und genau so sei er gesessen
und habe er den ganzen Tag studiert wie immer, ja sie
hätten alle das Gefühl gehabt und oft darüber geredet,
ihm sei's gar nicht zum Bewußtsein gekommen, daß
Krieg sei. Ich wisse doch, in eine Zeitung habe er nie
geschaut und nie mit wem andern gesprochen; aber auch
wenn die Ausrufer* ihren Mordslärm* mit den Extra-
blättern machten und alle andern zusammenliefen, nie sei
er da aufgestanden oder hätte zugehört. Er habe auch gar
nicht gemerkt, daß der Franz fehle, der Kellner (der bei
Gorlice* gefallen sei), und nicht gewußt, daß sie den
Sohn vom Herrn Standhartner bei Przemysl gefangen
hatten, und nie kein Wort* habe er gesagt, wie das Brot
immer miserabler geworden ist und man ihm statt der
Milch das elende Feigenkaffeegschlader* hat geben

müssen. Nur einmal habe er sich gewundert, daß jetzt so wenig Studenten kämen, das war alles. — „Mein Gott, der arme Mensch, den hat doch nichts gefreut und gekümmert als seine Bücher."

Aber dann eines Tags, da sei das Unglück geschehen. Um elf Uhr vormittags, am hellichten Tag, sei ein Wachmann* gekommen mit einem Geheimpolizisten, der hätte die Rosette gezeigt im Knopfloch und gefragt, ob hier ein Jakob Mendel verkehre. Dann wären sie gleich an den Tisch gegangen zum Mendel, und der hätte ahnungslos noch geglaubt, sie wollten Bücher verkaufen oder ihn was fragen. Aber gleich hätten sie ihn aufgefordert, mitzukommen, und ihn weggeführt. Eine rechte Schande sei es für das Kaffeehaus gewesen, alle Leute hätten sich herumgestellt um den armen Herrn Mendel, wie er dagestanden ist zwischen den beiden, die Brille unterm Haar, und hin- und hergeschaut hat von einem zum andern und nicht recht gewußt, was sie eigentlich von ihm wollten. Sie aber habe stante pede* dem Gendarmen* gesagt, das müsse ein Irrtum sein, ein Mann wie Herr Mendel könne keiner Fliege was tun; aber da habe der Geheimpolizist sie gleich angeschrien, sie solle sich nicht in Amtshandlungen* einmischen. Und dann hätten sie ihn weggeführt, und er sei lange nicht mehr gekommen, zwei Jahre lang. Noch heute wisse sie nicht recht, was die damals von ihm gewollt hätten. „Aber ich leist ein Jurament",* sagte sie erregt, die alte Frau, „der Herr Mendel kann nichts Unrechtes getan haben. Die haben sich geirrt, da leg ich meine Hand ins Feuer. Es war ein Verbrechen an dem armen, unschuldigen Menschen, ein Verbrechen!"

Und sie hatte recht, die gute, rührende Frau Sporschil. Unser Freund Jakob Mendel hatte wahrhaftig nichts Unrechtes begangen, sondern nur (erst später erfuhr ich alle Einzelheiten) eine rasende, eine rührende, eine selbst in jenen irrwitzigen Zeiten ganz unwahrscheinliche Dummheit, erklärbar bloß aus der vollkommenen Versunkenheit,* aus der Mondfernheit* seiner einmaligen Erscheinung. Folgendes hatte sich ereignet: auf dem militärischen Zensuramt, das verpflichtet war, jede Korrespondenz mit dem Ausland zu überwachen, war eines Tages eine Postkarte abgefangen worden, geschrieben und unterschrieben von einem gewissen Jakob Mendel, ordnungsgemäß nach dem Ausland frankiert, aber — unglaublicher Fall — in das feindliche Ausland gerichtet, eine Postkarte an Jean Labourdaire, Buchändler, Paris, Quai de Grenelle, adressiert, in der ein gewisser Jakob Mendel sich beschwerte, die letzten acht Nummern des monatlichen „Bulletin bibliographique de la France" trotz vorausbezahltem Jahresabonnement nicht erhalten zu haben. Der eingestellte untere Zenzurbeamte, ein Gymnasialprofessor,* in Privatneigung Romanist,* dem man einen blauen Landsturmrock* umgestülpt hatte, staunte, als ihm dieses Schriftstück in die Hände kam. Ein dummer Spaß, dachte er. Unter den zweitausend Briefen, die er allwöchentlich auf dubiose Mitteilungen und spionageverdächtige* Wendungen durchstöberte und durchleuchtete,* war ihm ein so absurdes Faktum noch nie unter die Finger gekommen, daß jemand aus Österreich einen Brief nach Frankreich ganz sorglos adressierte, also ganz gemütlich eine Karte in das kriegführende Ausland so einfach in den Postkasten warf, als ob diese Grenzen seit 1914 nicht umnäht wären mit Stacheldraht und an jedem von Gott geschaffenen Tage Frankreich, Deutschland, Österreich und Rußland ihre männliche Einwohnerzahl gegenseitig um ein paar tausend Menschen kürzten.

Zunächst legte er deshalb die Postkarte als Kuriosum in seine Schreibtischlade, ohne von dieser Absurdität weitere Meldung zu erstatten. Aber nach einigen Wochen kam abermals eine Karte desselben Jakob Mendel an einen Bookseller John Aldridge, London, Holborn Square, ob er ihm nicht die letzten Nummern des „Antiquarian" besorgen könnte, und abermals war sie unterfertigt* von ebendemselben merkwürdigen Individuum Jakob Mendel, das mit rührender Naivität seine volle Adresse beischrieb. Nun wurde es dem in die Uniform eingenähten Gymnasialprofessor doch ein wenig eng unter dem Rock. Steckte am Ende irgendein rätselhafter chiffrierter* Sinn hinter diesem vertölpelten Spaß? Jedenfalls, er stand auf, klappte die Hacken zusammen und legte dem Major die beiden Karten auf den Tisch. Der zog beide Schultern hoch: sonderbarer Fall! Zunächst avisierte* er die Polizei, sie solle ausforschen, ob es diesen Jakob Mendel tatsächlich gäbe, und eine Stunde später war Jakob Mendel bereits dingfest gemacht* und wurde, noch ganz taumelig* von der Überraschung, vor den Major geführt. Der legte ihm die mysteriösen Postkarten vor, ob er sich als Absender bekenne. Erregt durch den strengen Ton und vor allem, weil man ihn bei der Lektüre eines wichtigen Katalogs aufgestört hatte, polterte Mendel beinahe grob, natürlich habe er diese Karten geschrieben. Man habe wohl noch das Recht, ein Abonnement für sein gezahltes Geld zu reklamieren.* Der Major drehte sich im Sessel schief hinüber zu dem Leutnant am Nebentisch. Die beiden blinzelten sich einverständlich an: ein gebrannter Narr!* Dann überlegte der Major, ob er den Einfaltspinsel* nur scharf anbrummen und wegjagen sollte oder den Fall ernst aufziehen. In solchen unschlüssigen Verlegenheiten entschließt man sich bei jedem Amt

fast immer, zunächst ein Protokoll aufzunehmen.* Ein
Protokoll ist immer gut. Nützt es nichts, so schadet es
nichts, und nur ein sinnloser Papierbogen mehr unter
Millionen ist vollgeschrieben.

In diesem Falle aber schadete es leider einem armen,
ahnungslosen Menschen, denn schon bei der dritten Frage
kam etwas sehr Verhängnisvolles zutage. Man forderte
zuerst seinen Namen: Jakob, recte* Jainkeff Mendel.
Beruf: Hausierer (er besaß nämlich keine Buchhändler-
lizenz, nur einen Hausierschein). Die dritte Frage
wurde zur Katastrophe: der Geburtsort. Jakob Mendel
nannte einen kleinen Ort bei Petrikau.* Der Major zog
die Brauen hoch. Petrikau, lag das nicht in Russisch-
Polen, nahe der Grenze? Verdächtig! Sehr verdächtig! So
inquirierte er nun strenger, wann er die österreichische
Staatsbürgerschaft erworben habe. Mendels Brille starrte
ihn dunkel und verwundert an: er verstand nicht recht.
Zum Teufel, ob und wo er seine Papiere habe, seine
Dokumente? Er habe keine andern als den Hausierschein.
Der Major schob die Stirnfalten immer höher. Also wie
es mit seiner Staatsbürgerschaft stehe, solle er endlich
einmal erklären. Was sein Vater gewesen sei, ob Öster-
reicher oder Russe? Seelenruhig* erwiderte Jakob
Mendel: natürlich Russe. Und er selbst? Ach, er hätte
sich schon vor dreiunddreißig Jahren über die russische
Grenze geschmuggelt, seither lebe er in Wien. Der Major
wurde immer unruhiger. Wann er hier das österreichische
Staatsbürgerrecht erworben habe? Wozu? fragte Mendel.
Er habe sich um solche Sachen nie gekümmert. So sei er
also noch russischer Staatsbürger? Und Mendel, den diese
öde Fragerei innerlich längst langweilte, antwortete
gleichgültig: „Eigentlich ja."

Der Major warf sich so brüsk* erschrocken zurück,

daß der Sessel knackte. Das gab es also! In Wien, in der Hauptstadt Österreichs, ging mitten im Kriege, Ende 1915, nach Tarnow und der großen Offensive,* ein Russe unbehelligt* spazieren, schrieb Briefe nach Frankreich und England, und die Polizei kümmerte sich um nichts. Und da wundern sich die Dummköpfe in den Zeitungen, daß Conrad von Hötzendorf nicht gleich nach Warschau vorwärtsgekommen ist, da staunen sie im Generalstab, wenn jede Truppenbewegung durch Spione nach Rußland weitergemeldet wird. Auch der Leutnant war aufgestanden und stellte sich an den Tisch: das Gespräch schaltete sich scharf um zum Verhör.* Warum er sich nicht sofort gemeldet habe als Ausländer? Mendel, noch immer arglos, antwortete in seinem singenden jüdischen Jargon: „Wozu hätt ich mich melden sollen auf einmal?" In dieser umgedrehten Frage erblickte der Major eine Herausforderung und fragte drohend, ob er nicht die Ankündigungen gelesen habe? Nein! Ob er etwa auch keine Zeitungen lese? Nein!

Die beiden starrten den vor Unsicherheit schon leicht schwitzenden Jakob Mendel an, als sei der Mond mitten in ihr Bürozimmer gefallen. Dann rasselte das Telephon, knackten die Schreibmaschinen, liefen die Ordonnanzen, und Jakob Mendel wurde dem Garnisongefängnis überantwortet, um mit dem nächsten Schub in ein Konzentrationslager abgeführt zu werden. Als man ihm bedeutete, den beiden Soldaten zu folgen, starrte er ungewiß. Er verstand nicht, was man von ihm wollte, aber eigentlich hatte er keinerlei Sorge. Was konnte der Mann mit dem goldenen Kragen* und der groben Stimme schließlich Böses mit ihm vorhaben? In seiner obern Welt der Bücher gab es keinen Krieg, kein Nichtverstehen, sondern nur das ewige Wissen und Nochmehrwissenwollen* von Zahlen und Worten, von Titeln und Namen. So trollte er gutmütig zwischen den beiden Soldaten die Treppe hinunter. Erst als man ihm auf der Polizei alle Bücher aus den Manteltaschen nahm und die Brieftasche abforderte, in der er hundert wichtige Zettel und Kundenadressen stecken hatte, da erst begann er wütend um sich zu schlagen. Man mußte ihn bändigen. Aber dabei klirrte leider seine Brille zu Boden, und dies sein magisches Teleskop in die geistige Welt brach in mehrere Stücke. Zwei Tage später expedierte man ihn im dünnen Sommerock in ein Konzentrationslager russicher Zivilgefangener bei Komorn.*

Was Jakob Mendel in diesen zwei Jahren Konzentrationslager an seelischer Schrecknis erfahren, ohne Bücher, seine geliebten Bücher, ohne Geld, inmitten der gleichgültigen, groben, meist analphabetischen* Gefährten dieses riesigen Menschenkotters,* was er dort leidend erlebte, von seiner obern und einzigen Bücherwelt abgetrennt wie ein Adler mit zerschnittenen Schwingen von seinem ätherischen Element — hierüber fehlt jede Zeugenschaft. Aber allmählich weiß schon die von ihrer Tollheit ernüchterte Welt, daß von allen Grausamkeiten und verbrecherischen Übergriffen dieses Krieges keine sinnloser, überflüssiger und darum moralisch unentschuldbarer gewesen als das Zusammenfangen und Einhürden* hinter Stacheldraht von ahnungslosen, längst dem Dienstalter entwachsenen Zivilpersonen, die viele Jahre in dem fremden Lande als in einer Heimat gewohnt und aus Treugläubigkeit an das selbst bei Tungusen und Araukanern geheiligte Gastrecht versäumt hatten, rechtzeitig zu fliehen — ein Verbrechen an der Zivilisation, gleich sinnlos begangen in Frankreich, Deutschland und England, auf jeder Scholle unseres irrwitzig gewordenen Europa. Und vielleicht wäre Jakob Mendel wie hundert andere Unschuldige in dieser Hürde dem Wahnsinn verfallen oder an Ruhr, an Entkräftung, an seelischer Zerrüttung erbärmlich zugrunde gegangen, hätte nicht knapp rechtzeitig ein Zufall, ein echt österreichischer, ihn noch einmal in seine Welt zurückgeholt. Es waren nämlich mehrmals nach seinem Verschwinden an seine Adresse Briefe von vornehmen Kunden gekommen; der Graf Schönberg, der ehemalige Statthalter von Steiermark, fanatischer Sammler heraldischer Werke,* der frühere Dekan der theologischen Fakultät Siegenfeld, der an einem Kommentar des Augustinus arbeitete, der achtzigjährige pensionierte Flottenadmiral Edler von Pisek, der noch immer an seinen Erinnerungen herumbesserte — sie alle, seine treuen Klienten, hatten wiederholt an Jakob Mendel ins Café Gluck geschrieben, und von diesen Briefen wurden dem Verschollenen* einige in das Konzentrationslager nachgeschickt. Dort fielen sie dem zufällig gutgesinnten Hauptmann in die Hände, und der erstaunte, was für vornehme Bekanntschaften dieser kleine halbblinde, schmutzige Jude habe, der, seit man ihm seine Brille zerschlagen (er hatte kein Geld, sich eine neue zu verschaffen), wie ein Maulwurf, grau, augenlos und stumm in einer Ecke hockte. Wer solche Freunde besaß, mußte immerhin etwas Besonderes sein. So erlaubte er Mendel, diese Briefe zu beantworten und seine Gönner um Fürsprache zu bitten. Die blieb nicht aus. Mit der leidenschaftlichen Solidarität aller Sammler kurbelten die Exzellenz sowie der Dekan ihre Verbindungen kräftig an,* und ihre vereinte Bürgschaft erreichte, daß Buchmendel im Jahre 1917 nach mehr als zweijähriger Konfinierung wieder nach Wien zurückdurfte, freilich unter der Bedingung, sich täglich bei der Polizei zu melden.

Aber doch, er durfte wieder in die freie Welt, in seinen alten, kleinen, engen Mansardenraum, er konnte wieder an seinen geliebten Bücherauslagen vorbei und vor allem zurück in sein Café Gluck.

Diese Rückkehr Mendels aus einer höllischen Unterwelt in das Café Gluck konnte mir die brave Frau Sporschil aus eigener Erfahrung schildern. „Eines Tages — Jessas, Marand Joseph,* ich glaub, ich trau* meine Augen nicht — da schiebt sich die Tür auf, Sie wissen ja, in der gwissen schiefen Art, nur grad einen Spalt weit, wie er immer hereinkommen ist, und schon stolpert er ins Café, der arme Herr Mendel. Einen zerschundenen* Militärmantel voller Stopfen hat er anghabt und irgendwas am Kopf, was vielleicht einmal ein Hut war, ein weggworfener. Keinen Kragen hat er anghabt, und wie der Tod hat er ausgschaut, grau im Gesicht und grau das Haar und so mager, daß es einen erbarmt hat. Aber er kommt herein, grad, als ob nix* gwesen wär, er fragt nix, er sagt nix, geht hin zu dem Tisch da und zieht den Mantel aus, aber nicht wie früher so fix und leicht, sondern schwer schnaufen müssen hat er dabei. Und kein Buch hat er mitghabt wie sonst — er setzt sich nur hin und sagt nix, und tut nur hinstarren vor sich mit ganz leere, ausgelaufene Augen. Erst nach und nach, wie wir ihm dann den ganzen Pack bracht haben von die Schriften, die was für ihn kommen waren aus Deutschland, da hat er wieder angfangen zu lesen. Aber er war nicht derselbige mehr."

Nein, er war nicht derselbe, nicht das Miraculum mundi* mehr, die magische Registratur aller Bücher: alle, die ihn damals sahen, haben mir wehmütig das gleiche berichtet. Irgend etwas schien rettungslos zerstört in seinem sonst stillen, nur wie schlafend lesenden Blick;

etwas war zertrümmert: der grauenhafte Blutkomet*
mußte in seinem rasenden Lauf schmetternd hineingeschlagen
haben auch in den abseitigen, friedlichen, in
diesen alkyonischen* Stern seiner Bücherwelt. Seine
Augen, jahrzehntelang gewöhnt an die zarten, lautlosen,
insektenfüßigen Lettern der Schrift, sie mußten Furchtbares
gesehen haben in jener stacheldrahtumspannten
Menschenhürde, denn die Lider schatteten schwer über
den einst so flinken und ironisch funkelnden Pupillen,
schläfrig und rotrandig dämmerten* die vordem so
lebhaften Blicke unter der reparierten, mit dünnem Bindfaden
mühsam zusammengebundenen Brille. Und furchtbarer
noch: in dem phantastischen Kunstbau seines
Gedächtnisses mußte irgendein Pfeiler eingestürzt und das
ganze Gefüge in Unordnung geraten sein; denn so zart ist
ja unser Gehirn, dies aus subtilster Substanz gestaltete
Schaltwerk*, dies feinmechanische Präzisionsinstrument
unseres Wissens zusammengestimmt, daß ein gestautes*
Äderchen, ein erschütterter Nerv, eine ermüdete Zelle, daß
ein solches verschobenes Molekül schon zureicht, um die
herrlich umfassendste, die sphärische Harmonie eines
Geistes zum Verstummen zu bringen. Und in Mendels
Gedächtnis, dieser einzigen Klaviatur des Wissens, stockten
bei seiner Rückkunft die Tasten. Wenn ab und zu
jemand um Auskunft kam, starrte er ihn erschöpft an und
verstand nicht mehr genau, er verhörte sich und vergaß,
was man ihm sagte — Mendel war nicht mehr Mendel,
wie die Welt nicht mehr die Welt war. Nicht mehr
wiegte ihn völlige Versunkenheit beim Lesen auf und
nieder, sondern meist saß er starr, die Brille nur mechanisch
gegen das Buch gewandt, ohne daß man wußte, ob
er las oder nur vor sich hindämmerte. Mehrmals fiel
ihm, so erzählte die Sporschil, der Kopf schwer nieder auf

das Buch, und er schlief ein am hellichten Tag, manchmal starrte er wieder stundenlang in das fremde stinkende Licht der Azetylenlampe,* die man ihm in jener Zeit der Kohlennot auf den Tisch gestellt. Nein, Mendel war nicht mehr Mendel, nicht mehr ein Wunder der Welt, sondern ein müd atmender, nutzloser Pack Bart und Kleider, sinnlos auf dem einst pythischen Sessel hingelastet, nicht mehr der Ruhm des Café Gluck, sondern eine Schande, ein Schmierfleck, übelriechend, widrig anzusehen, ein unbequemer, unnötiger Schmarotzer.

So empfand ihn auch der neue Besitzer, namens Florian Gurtner aus Retz,* der, an Mehl- und Butterschiebungen* im Hungerjahr 1919 reich geworden, dem biedern Standhartner für achtzigtausend rasch zerblätterte* Papierkronen das Café Gluck abgeschwatzt hatte. Er griff mit seinen festen Bauernhänden scharf zu, krempelte das altehrwürdige Kaffeehaus hastig auf nobel um,* kaufte für schlechte Zettel* rechtzeitig neue Fauteuils, installierte ein Marmorportal und verhandelte bereits wegen des Nachbarlokals, um eine Musikdiele anzubauen. Bei dieser hastigen Verschönerung störte ihn natürlich sehr dieser galizische Schmarotzer, der tagsüber von früh bis nachts allein einen Tisch besetzt hielt und dabei im ganzen nur zwei Schalen Kaffee trank und fünf Brote verzehrte. Zwar hatte Standhartner ihm seinen alten Gast besonders ans Herz gelegt und zu erklären versucht, was für ein bedeutender und wichtiger Mann dieser Jakob Mendel sei, er hatte ihn sozusagen bei der Übergabe mit dem Inventar als ein auf dem Unternehmen lastendes Servitut mitübergeben. Aber Florian Gurtner hatte sich mit den neuen Möbeln und der blanken Aluminiumzahlkasse auch das massive Gewissen der Verdienerzeit* zugelegt und wartete nur auf einen Vorwand, um diesen letzten lästigen

Rest vorstädtischer Schäbigkeit aus seinem vornehm gewordenen Lokal hinauszukehren. Ein guter Anlaß schien sich bald einzustellen; denn es ging Jakob Mendel schlecht. Seine letzten gesparten Banknoten waren zerpulvert in der Papiermühle der Inflation, seine Kunden hatten sich verlaufen. Und wieder als kleiner Buchtrödler Treppen zu steigen, Bücher hausierend zusammenzuraffen, dazu fehlte dem Müdgewordenen die Kraft. Es ging ihm elend, man merkte das an hundert kleinen Zeichen. Selten ließ er sich mehr vom Gasthaus etwas herüberholen, und auch das kleine Entgelt für Kaffee und Brot blieb er immer länger schuldig, einmal sogar drei Wochen lang. Schon damals wollte ihn der Oberkellner auf die Straße setzen. Da erbarmte sich die brave Frau Sporschil, die Toilettenfrau, und bürgte für ihn.

Aber im nächsten Monat ereignete sich dann das Unglück. Bereits mehrmals hatte der neue Oberkellner bemerkt, daß es bei der Abrechnung* nie recht mit dem Gebäck stimmen wollte. Immer mehr Brote erwiesen sich als fehlend, als angesagt* und bezahlt waren. Sein Verdacht lenkte sich selbstverständlich gleich auf Mendel; denn mehrmals war schon der alte wacklige Dienstmann gekommen, um sich zu beschweren, Mendel sei ihm seit einem halben Jahre die Bezahlung schuldig, und er könne keinen Heller herauskriegen.* So paßte der Oberkellner jetzt besonders auf, und schon zwei Tage später gelang es ihm, hinter dem Ofenschirm versteckt, Jakob Mendel zu ertappen, wie er heimlich von seinem Tische aufstand, in das andere vordere Zimmer hinüberging, rasch aus einem Brotkorb zwei Semmeln nahm und sie gierig in sich hineinstopfte.* Bei der Abrechnung behauptete er, keine gegessen zu haben. Nun war das Verschwinden geklärt.

Der Kellner meldete sofort den Vorfall Herrn Gurtner, und dieser, froh des langgesuchten Vorwands, brüllte Mendel vor allen Leuten an, beschuldigte ihn des Diebstahls, und tat sogar noch dick, daß er nicht sofort die Polizei rufe. Aber er befahl ihm, sogleich und für immer sich zum Teufel zu scheren.* Jakob Mendel zitterte nur, sagte nichts, stolperte auf von seinem Sitz und ging.

„Ein Jammer war's", schilderte die Frau Sporschil diesen seinen Abschied. „Nie werd ichs vergessen, wie er aufgestanden ist, die Brille hinaufgschoben in die Stirn, weiß wie ein Handtuch. Nicht Zeit hat er sich genommen, den Mantel anzuziehen, obwohl's Januar war, Sie wissen ja, damals im kalten Jahr. Und sein Buch hat er liegen lassen auf dem Tisch in seinem Schreck, ich hab's erst später bemerkt und wollt's ihm noch nachtragen. Aber da war er schon hinabgstolpert zur Tür. Und weiter auf die Straßen hätt ich mich nicht traut;* denn an die Tür hat sich der Herr Gurtner hingstellt und ihm nachgschrien, daß die Leut stehenblieben und zusammengelaufen sind. Ja, eine Schand war's, gschämt hab ich mich bis in die unterste Seel! So was hätt nicht passieren können bei dem alten Herrn Standhartner,* daß man einen ausjagt nur wegen ein paar Semmeln, bei dem hätt er umsonst essen können noch sein Leben lang. Aber die Leute von heut, die haben ja kein Herz. Einen wegzutreiben, der über dreißig Jahre wo gsessen ist Tag für Tag — wirklich, eine Schand war's, und ich möcht's nicht zu verantworten haben vor dem lieben Gott — ich nicht."*

Ganz aufgeregt war sie geworden, die gute Frau, und mit der leidenschaftlichen Geschwätzigkeit des Alters wiederholte sie immer wieder das von der Schand und vom Herrn Standhartner, der zu so was nicht imstande gewesen wäre. So mußte ich sie schließlich fragen, was denn aus unserm Mendel geworden sei und ob sie ihn wiedergesehen. Da rappelte sie sich zusammen* und wurde noch erregter. „Jeden Tag, wenn ich vorübergangen bin an seinem Tisch, jedesmal, das können S' mir glauben, hat's mir einen Stoß geben. Immer hab ich denken müssen, wo mag er jetzt sein, der arme Herr Mendel, und wenn ich gwußt hätt, wo er wohnt, ich wär hin,* ihm was Warmes bringen; denn wo hätt er denn das Geld hernehmen sollen zum Heizen und zum Essen? Und Verwandte hat er auf der Welt, soviel ich weiß, niemanden ghabt. Aber schließlich, wie ich immer und immer nix gehört hab, da hab ich mir schon denkt, es muß vorbei mit ihm sein, und ich würd ihn nimmer sehen. Und schon hab ich überlegt, ob ich nicht sollt eine Messe* für ihn lesen lassen; denn ein guter Mensch war er, und man hat sich doch gekannt, mehr als fünfundzwanzig Jahr.

Aber einmal in der Früh, um halb acht Uhr im Februar, ich putz grad das Messing an die Fensterstangen, auf einmal (ich mein, mich trifft der Schlag), auf einmal tut sich die Tür auf, und herein kommt der Mendel. Sie wissen ja: immer ist er so schief und verwirrt hereingeschoben, aber diesmal war's noch irgendwie anders. Ich merk gleich, den reißt's hin und her, ganz glanzige* Augen hat er gehabt und, mein Gott, wie er ausgeschaut hat, nur Bein* und Bart! Sofort kommt's mir entrisch vor, wie ich ihn so seh: ich denk mir gleich, der weiß von nichts, der geht am hellichten Tag umeinand* als ein Schlafeter,* der hat alles vergessen, das von die Semmeln und das vom Herrn Gurtner und wie schandbar sie ihn hinausgeschmissen* haben, der weiß nichts von sich selber. Gott sei Dank! der Herr Gurtner war noch nicht da, und der Oberkellner hat grad seinen Kaffee trunken. Da spring ich rasch hin, damit ich ihm klarmach, er soll nicht dableiben, sich nicht noch einmal hinauswerfen lassen von dem rohen Kerl" (und dabei sah sie sich scheu um und korrigierte rasch) — „ich mein, vom Herrn Gurtner. Also ‚Herr Mendel', ruf ich ihn an. Er starrt auf. Und da, in dem Augenblick, mein Gott, schrecklich war das, in dem Augenblick muß er sich an alles erinnert habn; denn er fahrt sofort zusammen und fangt an zu zittern, aber nicht bloß mit die Finger zittert er, nein, als ein Ganzer hat er gescheppert,* daß man's bis an die Schultern kennt* hat, und schon stolpert er wieder rasch auf die Tür zu. Dort ist er dann zusammgefallen. Wir haben gleich um die Rettungsgesellschaft* telephoniert, und die hat ihn weggeführt, fiebrig, wie er war. Am Abend ist er gestorben, Lungenentzündung, hochgradige, hat der Doktor gesagt, und auch, daß er schon damals nicht mehr recht gewußt hat von sich, wie er noch einmal zu uns kommen ist. Es hat ihn halt* nur so hergetrieben, als einen Schlafeten. Mein Gott, wenn man sechsunddreißig Jahr einmal so gesessen ist jeden Tag, dann ist eben so ein Tisch einem sein Zuhaus."*

Wir sprachen noch lange von ihm, die beiden letzten, die diesen sonderbaren Menschen gekannt, ich, dem er als jungem Mann trotz seiner mikrobenhaft winzigen Existenz die erste Ahnung eines vollkommen umschlossenen Lebens im Geiste gegeben — sie, die arme, abgeschundene* Toilettenfrau, die nie ein Buch gelesen, die diesem Kameraden ihrer untern armen Welt nur verbunden war, weil sie ihm durch fünfundzwanzig Jahre den Mantel gebürstet und die Knöpfe angenäht hatte. Und doch, wir verstanden einander wunderbar gut an seinem alten, verlassenen Tisch in der Gemeinschaft des vereint heraufbeschworenen Schattens; denn Erinnerung verbindet immer, und zwiefach jede Erinnerung in Liebe. Plötzlich, mitten im Schwatzen, besann sie sich: „Jessas, wie ich vergessig bin — das Buch hab ich ja noch, das was er damals am Tisch liegen lassen hat. Wo hätt ich's ihm denn hintragen sollen? Und nachher, wie sich niemand gemeldt hat, nachher hab ich gmeint, ich dürft's mir* behalten als Andenken. Nicht wahr, da ist doch nix Unrechts dabei?" Hastig brachte sie's heran aus ihrem rückwärtigen Verschlag.* Und ich hatte Mühe, ein kleines Lächeln zu unterdrücken; denn gerade dem Erschütternden mengt das immer spielfreudige* und manchmal ironische Schicksal das Komische gerne boshaft zu. Es war der zweite Band von Hayns* Bibliotheca Germanorum erotica et curiosa, das jedem Buchsammler wohlbekannte Kompendium galanter Literatur. Gerade dies skabröse Verzeichnis — habent sua fata libelli* — war als letztes Vermächtnis des hingegangenen Magiers zurückgefallen in diese abgemürbten,* rot aufgesprungenen, unwissenden Hände, die wohl nie ein anderes als das Gebetbuch gehalten. Ich hatte Mühe, meine Lippen festzuklemmen gegen das unwillkürlich von innen aufdrängende Lächeln, und dies kleine Zögern verwirrte die brave Frau. Ob's am Ende was Kostbares wär, oder ob ich meinte, daß sie's behalten dürft?

Ich schüttelte ihr herzlich die Hand. „Behalten Sie's nur ruhig, unser alter Freund Mendel hätte nur Freude, daß wenigstens einer von den vielen Tausenden, die ihm ein Buch danken,* sich noch seiner erinnert." Und dann ging ich und schämte mich vor dieser braven alten Frau, die in einfältiger und doch menschlichster Art diesem Toten treu geblieben. Denn sie, die Unbelehrte, sie hatte wenigstens ein Buch bewahrt, um seiner besser zu gedenken, ich aber, ich hatte jahrelang Buchmendel vergessen, gerade ich, der ich doch wissen sollte, daß man Bücher nur schafft, um über den eigenen Atem hinaus sich Menschen zu verbinden und sich so zu verteidigen gegen den unerbittlichen Widerpart alles Lebens: Vergänglichkeit und Vergessensein.

Episode am Genfer See

Am Ufer des Genfer Sees, in der Nähe des kleinen Schweizer Ortes Villeneuve, wurde in einer Sommernacht des Jahres 1918 ein Fischer, der sein Boot auf den See hinausgerudert hatte, eines merkwürdigen Gegenstandes mitten auf dem Wasser gewahr, und näherkommend erkannte er ein Gefährt* aus lose zusammengefügten Balken, das ein nackter Mann in ungeschickten Bewegungen mit einem als Ruder verwendeten Brett vorwärts zu treiben suchte. Staunend steuerte der Fischer heran, half dem Erschöpften in sein Boot, deckte seine Blöße notdürftig mit Netzen und versuchte dann, mit dem frostzitternden, scheu in den Winkel des Bootes gedrückten Menschen zu sprechen; der aber antwortete in einer fremdartigen Sprache, von der nicht ein einziges Wort der seinen glich. Bald gab der Hilfreiche jede weitere Mühe auf, raffte seine Netze empor und ruderte mit rascheren Schlägen* dem Ufer zu.

In dem Maße, als im frühen Licht die Umrisse des Ufers aufglänzten, begann sich auch das Antlitz des nackten Menschen zu erhellen; ein kindliches Lachen schälte sich aus dem Bartgewühl seines breiten Mundes, die eine Hand hob sich deutend hinüber, und immer wieder fragend und halb schon gewiß, stammelte er ein Wort, das wie „Rossiya" klang und immer glückseliger tönte, je näher der Kiel sich dem Ufer entgegenstieß. Endlich knirschte das Boot auf den Strand; des Fischers weibliche Anverwandte, die auf nasse Beute harrten, stoben kreischend, wie einst die Mägde Nausikaas,* auseinander, da sie des nackten Mannes im Fischernetz ansichtig wurden; allmählich erst, von der seltsamen Kunde angelockt, sammelten sich verschiedene Männer des Dorfes, denen

EPISODE AM GENFER SEE

sich alsbald würdebewußt und amtseifrig der wackere Weibel des Ortes zugesellte. Ihm war es aus mancher Instruktion und der reichen Erfahrung der Kriegszeit sofort gewiß, daß dies ein Deserteur sein müsse, vom französischen Ufer herübergeschwommen, und schon rüstete er sich zu amtlichem Verhör, aber dieser umständliche Versuch verlor baldigst an Würde und Wert durch die Tatsache, daß der nackte Mensch (dem inzwischen einige der Bewohner eine Jacke und eine Zwilchhose* zugeworfen) auf alle Fragen nichts als immer ängstlicher und unsicherer seinen fragenden Ausruf „Rossiya? Rossiya?" wiederholte. Ein wenig ärgerlich über seinen Mißerfolg, befahl der Weibel dem Fremden durch nicht mißzuverstehende Gebärden, ihm zu folgen, und, umjohlt von der inzwischen erwachten Gemeindejugend, wurde der nasse, nacktbeinige Mensch in seiner schlotternden Hose und Jacke auf das Amthaus gebracht und dort in Verwahr genommen. Er wehrte sich nicht, sprach kein Wort, nur seine hellen Augen waren dunkel geworden vor Enttäuschung, und seine hohen Schultern duckten sich wie unter gefürchtetem Schlage.

Die Kunde von dem menschlichen Fischfang* hatte sich inzwischen bis zu den nahen Hotels verbreitet, und einer ergötzlichen Episode in der Eintönigkeit des Tages froh, kamen einige Damen und Herren herüber, den wilden Menschen zu betrachten. Eine Dame schenkte ihm Konfekt, das er mißtrauisch wie ein Affe liegen ließ; ein Herr machte eine photographische Aufnahme, alle schwatzten und sprachen lustig um ihn herum, bis endlich der Manager eines großen Gasthofes, der lange im Ausland gelebt hatte und mehrerer Sprachen mächtig war, an den schon ganz Verängstigten nacheinander auf deutsch, italienisch, englisch und schließlich russisch das Wort richtete. Kaum hatte er den ersten Laut seiner heimischen Sprache vernommen, zuckte der Verängstigte auf, ein breites Lachen teilte sein gutmütiges Gesicht von einem Ohr zum andern, und plötzlich sicher und freimütig erzählte er seine ganze Geschichte. Sie war sehr lang und sehr verworren, in ihren Einzelberichten auch nicht immer dem zufälligen Dolmetsch verständlich, doch war im wesentlichen das Schicksal dieses Menschen das folgende:

Er hatte in Rußland gekämpft, war dann eines Tages mit tausend andern in Waggons verpackt worden und sehr weit gefahren, dann wieder in Schiffe verladen und noch länger mit ihnen gefahren durch Gegenden, wo es so heiß war, daß, wie er sich ausdrückte, einem die Knochen im Fleisch weichgebraten wurden. Schließlich waren sie irgendwo wieder gelandet und in Waggons verpackt worden und hatten dann mit einemmal einen Hügel zu stürmen, worüber er nichts Näheres wußte, weil ihn gleich zu Anfang eine Kugel ins Bein getroffen habe. Den Zuhörern, denen der Dolmetsch Rede und Antwort übersetzte, war sofort klar, daß dieser Flüchtling ein Angehöriger jener russischen Divisionen in Frankreich war, die man über die halbe Erde, über Sibirien und Wladiwostok an die französische Front geschickt hatte, und es regte sich mit einem gewissen Mitleid bei allen gleichzeitig die Neugier, was ihn vermocht habe, diese seltsame Flucht zu versuchen. Mit halb gutmütigem, halb listigem Lächeln erzählte bereitwillig der Russe, kaum genesen, habe er die Pfleger gefragt, wo Rußland sei, und sie hätten ihm die Richtung gedeutet, die er durch die Stellung der Sonne und der Sterne sich ungefähr bewahrt hatte, und so sei er heimlich entwichen, nachts wandernd, tagsüber vor den Patrouillen in Heuschobern sich versteckend. Gegessen habe er Früchte und gebetteltes Brot,

zehn Tage lang, bis er endlich an diesen See gekommen.
Nun wurden seine Erklärungen undeutlicher; es schien,
daß er, aus der Nähe des Baikalsees* stammend, vermeint
hatte, am andern Ufer, dessen bewegte Linien er im
Abendlicht erblickte, müsse Rußland liegen. Jedenfalls
hatte er sich aus einer Hütte zwei Balken gestohlen und
war auf ihnen, bäuchlings liegend, mit Hilfe eines als
Ruder benützten Brettes weit in den See hinausgekom-
men, wo ihn der Fischer auffand. Die ängstliche Frage,
mit der er seine unklare Erzählung beschloß, ob er schon
morgen daheim sein könne, erweckte, kaum übersetzt,
durch ihre Unbelehrtheit erst lautes Gelächter, das aber
bald gerührtem Mitleid wich, und jeder steckte dem unsicher und kläglich um sich Blickenden ein paar Geld-
münzen oder Banknoten zu.

Inzwischen war auf telephonische Verständigung aus
Montreux ein höherer Polizeioffizier erschienen, der mit
nicht geringer Mühe ein Protokoll über den Vorfall auf-
nahm. Denn nicht nur, daß der zufällige Dolmetsch sich
als unzulänglich erwies, bald wurde auch die für West-
länder gar nicht faßbare Unbildung* dieses Menschen
klar, dessen Wissen um sich selbst kaum den eigenen Vor-
namen Boris überschritt und der von seinem Heimatdorf
nur äußerst verworrene Darstellungen zu geben vermochte, etwa, daß sie Leibeigene des Fürsten Metschersky
seien (er sagte Leibeigene, obwohl doch seit einem Men-
schenalter diese Fron abgeschafft war) und daß er fünfzig
Werst* vom großen See entfernt mit seiner Frau und
drei Kindern wohne. Nun begann die Beratung über
sein Schicksal, indes er mit stumpfem Blick geduckt inmitten der Streitenden stand: die einen meinten, man
müsse ihn der russischen Gesandtschaft nach Bern überweisen, andere befürchteten von solcher Maßnahme eine

Rücksendung nach Frankreich; der Polizeibeamte erläuterte die ganze Schwierigkeit der Frage, ob er als Deserteur oder als dokumentenloser Ausländer behandelt werden solle; der Gemeindeschreiber des Ortes wehrte gleich von vornherein die Möglichkeit ab, daß man gerade hier den fremden Esser zu ernähren und zu beherbergen hätte. Ein Franzose schrie erregt, man solle mit dem elenden Durchbrenner* nicht so viel Geschichten machen, er solle arbeiten oder zurückspediert* werden; zwei Frauen wandten heftig ein, er sei nicht schuld an seinem Unglück, es sei ein Verbrechen, Menschen aus ihrer Heimat in ein fremdes Land zu verschicken. Schon drohte sich aus dem zufälligen Anlaß ein politischer Zwist zu entspinnen, als plötzlich ein alter Herr, ein Däne, dazwischenfuhr und energisch erklärte, er bezahle den Unterhalt dieses Menschen für acht Tage, inzwischen sollten die Behörden mit der Gesandtschaft ein Übereinkommen treffen; eine unerwartete Lösung, welche sowohl die amtlichen als auch die privaten Parteien zufriedenstellte.*

Während der immer erregter werdenden Diskussion hatte sich der scheue Blick des Flüchtlings allmählich erhoben und hing unverwandt an den Lippen des Managers, des einzigen innerhalb dieses Getümmels, von dem er wußte, daß er ihm verständlich sein Schicksal sagen könne. Dumpf schien er den Wirbel zu spüren, den seine Gegenwart erregte, und ganz unbewußt hob er, als jetzt der Wortlärm abschwoll, durch die Stille beide Hände flehentlich gegen ihn auf, wie Frauen vor einem heiligen Bild. Das Rührende dieser Gebärde* ergriff unwiderstehlich jeden einzelnen. Der Manager trat herzlich auf ihn zu und beruhigte ihn, er möge ohne Angst sein, er könne unbehelligt hier verweilen, im Gasthof würde die nächste Zeit über für ihn gesorgt werden. Der Russe wollte ihm die Hand küssen, die ihm jedoch der andere rücktretend rasch entzog. Dann wies er ihm noch das Nachbarhaus, eine kleine Dorfwirtschaft, wo er Bett und Nahrung finden würde, sprach nochmals zu ihm einige herzliche Worte der Beruhigung und ging dann, ihm noch einmal freundlich zuwinkend, die Straße zu seinem Hotel empor.

Unbeweglich starrte der Flüchtling ihm nach, und in dem Maße, wie der einzige, der seine Sprache verstand, sich entfernte, verdüsterte sich wieder sein schon erhellteres * Gesicht. Mit zehrenden Blicken folgte er dem Entschwindenden bis hinauf zu dem hochgelegenen Hotel, ohne die andern Menschen zu beachten, die sein seltsames Gehaben bestaunten und belachten. Als ihn dann einer mitleidig anrührte und in den Gasthof wies, fielen seine schweren Schultern gleichsam in sich zusammen, und gesenkten Hauptes trat er in die Tür. Man öffnete ihm das Schankzimmer. Er drückte sich an den Tisch, auf den die Magd zum Gruß ein Glas Branntwein stellte, und blieb dort verhangenen Blicks den ganzen Vormittag unbeweglich sitzen. Unablässig spähten vom Fenster die Dorfkinder herein, lachten und schrien ihm etwas zu — er hob den Kopf nicht. Eintretende betrachteten ihn neugierig, er blieb, den Blick auf den Tisch gebannt, mit krummem Rücken sitzen, schamhaft und scheu. Und als mittags zur Essenszeit ein Schwarm Leute den Raum mit Lachen füllte, hunderte Worte um ihn schwirrten, die er nicht verstand, und er, seiner Fremdheit entsetzlich gewahr, taub und stumm inmitten einer allgemeinen Bewegtheit saß, zitterten ihm die Hände so sehr, daß er kaum den Löffel aus der Suppe heben konnte. Plötzlich lief eine dicke Träne die Wange herunter und tropfte schwer auf den Tisch. Scheu sah er sich um. Die andern hatten sie bemerkt und schwiegen mit einemmal. Und er schämte sich: immer tiefer beugte sich sein schwerer, struppiger Kopf gegen das schwarze Holz.

Bis gegen Abend blieb er so sitzen. Menschen gingen und kamen, er fühlte sie nicht und sie nicht mehr ihn: ein Stück Schatten, saß er im Schatten des Ofens, die Hände schwer auf den Tisch gestützt. Alle vergaßen ihn, und keiner merkte darauf, daß er sich in der Dämmerung plötzlich erhob und, dumpf wie ein Tier, den Weg zum Hotel hinaufschritt. Eine Stunde und zwei stand er dort vor der Tür, die Mütze devot* in der Hand, ohne jemanden mit dem Blick anzurühren: endlich fiel diese seltsame Gestalt, die starr und schwarz wie ein Baumstrunk vor dem lichtfunkelnden Eingang des Hotels im Boden wurzelte, einem der Laufburschen auf, und er holte den Manager. Wieder stieg eine kleine Helligkeit in dem verdüsterten Gesicht auf, als seine Sprache ihn grüßte.

„Was willst du, Boris?" fragte der Manager gütig.

„Ihr wollt verzeihen", stammelte der Flüchtling, „ich wollte nur wissen ... ob ich nach Hause darf."

„Gewiß, Boris, du darfst nach Hause", lächelte der Gefragte.

„Morgen schon?"

Nun ward auch der andere ernst. Das Lächeln verflog auf seinem Gesicht, so flehentlich waren die Worte gesagt.

„Nein, Boris ... jetzt noch nicht. Bis der Krieg vorbei ist."

„Und wann? Wann ist der Krieg vorbei?"

„Das weiß Gott. Wir Menschen wissen es nicht."

„Und früher? Kann ich nicht früher gehen?"

„Nein, Boris."

„Ist es so weit?"

„Ja."

„Viele Tage noch?"

„Viele Tage."

„Ich werde doch gehen, Herr! Ich bin stark. Ich werde nicht müde."

„Aber du kannst nicht, Boris. Es ist noch eine Grenze dazwischen."

„Eine Grenze?" Er blickte stumpf. Das Wort war ihm fremd. Dann sagte er wieder mit seiner merkwürdigen Hartnäckigkeit: „Ich werde hinüberschwimmen."

Der Manager lächelte beinahe. Aber es tat ihm doch weh, und er erläuterte sanft: „Nein, Boris, das geht nicht. Eine Grenze, das ist fremdes Land. Die Menschen lassen dich nicht durch."

„Aber ich tue ihnen doch nichts! Ich habe mein Gewehr weggeworfen. Warum sollen sie mich nicht zu meiner Frau lassen, wenn ich sie bitte um Christi willen?"

Dem Manager wurde immer ernster zumute.* Bitterkeit stieg in ihm auf. „Nein", sagte er, „sie werden dich nicht hinüberlassen, Boris. Die Menschen hören jetzt nicht mehr auf Christi Wort."

„Aber was soll ich tun, Herr? Ich kann doch hier nicht bleiben! Die Menschen verstehen mich hier nicht, und ich verstehe sie nicht."

„Du wirst es schon lernen, Boris."

„Nein, Herr", tief bog der Russe den Kopf, „ich kann nichts lernen. Ich kann nur auf dem Feld arbeiten, sonst kann ich nichts. Was soll ich hier tun? Ich will nach Hause! Zeige mir den Weg!"

„Es gibt jetzt keinen Weg, Boris."

„Aber, Herr, sie können mir doch nicht verbieten, zu meiner Frau heimzukehren und zu meinen Kindern! Ich bin doch nicht mehr Soldat!"

„Sie können es, Boris."

„Und der Zar?" Er fragte es ganz plötzlich, zitternd vor Erwartung und Ehrfurcht.

„Es gibt keinen Zaren mehr, Boris. Die Menschen haben ihn abgesetzt."*

„Es gibt keinen Zaren mehr?" Dumpf starrte er den andern an. Ein letztes Licht erlosch in seinen Blicken, dann sagte er ganz müde: „Ich kann also nicht nach Hause?"

„Jetzt noch nicht. Du mußt warten, Boris."

„Lange?"

„Ich weiß nicht."

Immer düsterer wurde das Gesicht im Dunkel: „Ich habe schon so lange gewartet! Ich kann nicht mehr warten. Zeig mir den Weg! Ich will es versuchen!"

„Es gibt keinen Weg, Boris. An der Grenze nehmen sie dich fest. Bleib hier, wir werden dir Arbeit finden!"

„Die Menschen verstehen mich hier nicht, und ich verstehe sie nicht", wiederholte er hartnäckig. „Ich kann hier nicht leben! Hilf mir, Herr!"

„Ich kann nicht Boris."

„Hilf mir um Christi willen, Herr! Hilf mir, ich ertrag es nicht mehr!"

„Ich kann nicht, Boris. Kein Mensch kann jetzt dem andern helfen."

Sie standen stumm einander gegenüber. Boris drehte die Mütze in den Händen. „Warum haben sie mich dann aus dem Haus geholt? Sie sagten, ich müsse Rußland verteidigen und den Zaren. Aber Rußland ist doch weit von hier, und du sagst, sie haben den Zaren .... wie sagst du?"

„Abgesetzt."

„Abgesetzt." Verständnislos wiederholte er das Wort. „Was soll ich jetzt tun, Herr? Ich muß nach Hause!

Meine Kinder schreien nach mir. Ich kann hier nicht leben! Hilf mir, Herr! Hilf mir!"

„Ich kann nicht, Boris."

„Und kann niemand mir helfen?"

„Jetzt niemand."

Der Russe beugte immer tiefer das Haupt, dann sagte er plötzlich dumpf: „Ich danke dir, Herr", und wandte sich um.

Ganz langsam ging er den Weg hinunter. Der Manager sah ihm lange nach und wunderte sich noch, daß er nicht dem Gasthof zuschritt, sondern die Stufen hinab zum See. Er seufzte tief auf und ging wieder an seine Arbeit im Hotel.

Ein Zufall wollte es, daß derselbe Fischer am nächsten Morgen den nackten Leichnam des Ertrunkenen auffand. Er hatte sorgsam die geschenkte Hose, Mütze und Jacke an das Ufer gelegt und war ins Wasser gegangen, wie er aus ihm gekommen. Ein Protokoll* wurde über den Vorfall aufgenommen und, da man den Namen des Fremden nicht kannte, ein billiges Holzkreuz auf sein Grab gestellt, eines jener kleinen Kreuze über namenlosem Schicksal, mit denen jetzt Europa bedeckt ist von einem bis zum andern Ende.

Die unsichtbare Sammlung

*Eine Episode aus der deutschen Inflation**

Zwei Stationen hinter Dresden stieg ein älterer Herr in unser Abteil, grüßte höflich und nickte mir dann, aufblickend, noch einmal ausdrücklich* zu wie einem guten Bekannten. Ich vermochte mich seiner im ersten Augenblick nicht zu entsinnen; kaum nannte er dann aber mit einem leichten Lächeln seinen Namen, erinnerte ich mich sofort: es war einer der angesehensten Kunstantiquare Berlins, bei dem ich in Friedenszeit öfters alte Bücher und Autographen besehen und gekauft. Wir plauderten zunächst von gleichgültigen Dingen. Plötzlich sagte er unvermittelt:

„Ich muß Ihnen doch erzählen, woher ich gerade komme. Denn diese Episode ist so ziemlich das Sonderbarste, was mir altem Kunstkrämer* in den siebenunddreißig Jahren meiner Tätigkeit begegnet ist. Sie wissen wahrscheinlich selbst, wie es im Kunsthandel jetzt zugeht, seit sich der Wert des Geldes wie Gas verflüchtigt: die neuen Reichen haben plötzlich ihr Herz entdeckt für gotische Madonnen und Inkunabeln und alte Stiche und Bilder; man kann ihnen gar nicht genug herzaubern, ja wehren muß man sich sogar, daß einem nicht Haus und Stube kahl ausgeräumt wird. Am liebsten kauften sie einem noch den Manschettenknopf vom Ärmel weg und die Lampe vom Schreibtisch. Da wird es nun eine immer härtere Not, stets neue Ware herbeizuschaffen — verzeihen Sie, daß ich für diese Dinge, die unsereinem sonst etwas Ehrfürchtiges bedeuteten, plötzlich Ware sage —, aber diese üble Rasse hat einen ja selbst daran gewöhnt, einen wunderbaren Venezianer Wiegendruck* nur als Überzug von soundso viel Dollars zu betrachten und eine Handzeichnung des Guercino* als Inkarnation von ein paar Hundertfrankenscheinen. Gegen die penetrante Eindringlichkeit dieser plötzlich Kaufwütigen* hilft kein Widerstand. Und so war ich über Nacht wieder einmal ganz ausgepowert* und hätte am liebsten die Rolladen* heruntergelassen, so schämte ich mich, in unserem alten Geschäft, das schon mein Vater vom Großvater übernommen, nur noch erbärmlichen Schund herumkümmeln* zu sehen, den früher kein Straßentrödler im Norden sich auf den Karren gelegt hätte.

In dieser Verlegenheit kam ich auf den Gedanken, unsere alten Geschäftsbücher durchzusehen, um einstige Kunden aufzustöbern, denen ich vielleicht ein paar Dubletten wieder abluchsen könnte. Eine solche alte Kundenliste ist immer eine Art Leichenfeld, besonders in jetziger Zeit, und sie lehrte mich eigentlich nicht viel: die meisten unserer früheren Käufer hatten längst ihren Besitz in Auktionen abgeben müssen oder waren gestorben, und von den wenigen Aufrechten war nichts zu erhoffen. Aber da stieß ich plötzlich auf ein ganzes Bündel Briefe von unserem wohl ältesten Kunden, der mir nur darum aus dem Gedächtnis gekommen war, weil er seit Anbruch des Weltkrieges, seit 1914, sich nie mehr mit irgendeiner Bestellung oder Anfrage an uns gewandt hatte. Die Korrespondenz reichte — wahrhaftig keine Übertreibung! — auf beinahe sechzig Jahre zurück; er hatte schon von meinem Vater und Großvater gekauft, dennoch konnte ich mich nicht entsinnen, daß er in den siebenunddreißig Jahren meiner persönlichen Tätigkeit jemals unser Geschäft betreten hätte. Alles deutete darauf hin, daß er ein sonderbarer, altväterischer, skurriler Mensch gewesen sein mußte, einer jener verschollenen Menzel- oder Spitzweg-Deutschen,* wie sie sich noch knapp bis in unsere Zeit hinein in kleinen Provinzstädten als seltene Unika hier und da erhalten haben. Seine Schriftstücke waren Kalligraphika,* säuberlich geschrieben, die Beträge mit dem Lineal und roter Tinte unterstrichen, auch wiederholte er immer zweimal die Ziffer, um ja keinen Irrtum zu erwecken: dies sowie die ausschließliche Verwendung von abgelösten Respektblättern und Sparkuverts deuteten auf die Kleinlichkeit und fanatische Sparwut eines rettungslosen Provinzlers. Unterzeichnet waren diese sonderbaren Dokumente außer mit seinem Namen stets noch mit dem umständlichen Titel: Forst- und Ökonomierat a. D., Leutnant a. D., Inhaber des Eisernen Kreuzes erster Klasse. Als Veteran aus dem siebenziger Jahr* mußte er also, wenn er noch lebte, zumindest seine guten achtzig Jahre auf dem Rücken haben. Aber dieser skurrile, lächerliche Sparmensch zeigte als Sammler alter Graphiken* eine ganz ungewöhnliche Klugheit, vorzügliche Kenntnis und feinsten Geschmack: als ich mir so langsam seine Bestellungen aus beinahe sechzig Jahren zusammenlegte, deren erste noch auf Silbergroschen lautete, wurde ich gewahr, daß sich dieser kleine Provinzmann in den Zeiten, da man für einen Taler noch ein Schock schönster deutscher Holzschnitte kaufen konnte, ganz im stillen eine Kupferstichsammlung zusammengetragen haben mußte, die wohl neben den lärmend genannten der neuen Reichen in höchsten Ehren bestehen konnte. Denn schon was er bei uns allein in kleinen Mark- und Pfennigbeträgen im Laufe eines halben Jahrhunderts erstanden hatte, stellte heute einen erstaunlichen Wert dar, und außerdem ließ sichs erwarten, daß er auch bei Auktionen und anderen Händlern nicht minder wohlfeil gescheffelt.* Seit 1914 war allerdings keine Bestellung mehr von ihm gekommen, ich jedoch wiederum zu vertraut mit allen Vorgängen im Kunsthandel, als daß mir die Versteigerung oder der geschlossene Verkauf eines solchen Stapels hätte entgehen können: so mußte dieser sonderbare Mann wohl noch am Leben oder die Sammlung in den Händen seiner Erben sein.

Die Sache interessierte mich und ich fuhr sofort am nächsten Tage, gestern abend, direkt drauflos,* geradewegs in eine der unmöglichsten Provinzstädte, die es in Sachsen gibt; und als ich so vom kleinen Bahnhof durch die Hauptstraße schlenderte, schien es mir fast unmöglich, daß da, inmitten dieser banalen Kitschhäuser mit ihrem Kleinbürgerplunder,* in irgendeiner dieser Stuben ein Mensch wohnen sollte, der die herrlichsten Blätter Rembrandts neben Stichen Dürers und Mantegnas* in tadelloser Vollständigkeit besitzen könnte. Zu meinem Erstaunen erfuhr ich aber im Postamt auf die Frage, ob hier ein Forst- oder Ökonomierat dieses Namens wohne, daß tatsächlich der alte Herr noch lebe, und machte mich — offen gestanden, nicht ohne etwas Herzklopfen — noch vor Mittag auf den Weg zu ihm.

Ich hatte keine Mühe, seine Wohnung zu finden. Sie war im zweiten Stock eines jener sparsamen Provinzhäuser, die irgendein spekulativer Maurerarchitekt* in den sechziger Jahren hastig aufgekellert haben mochte. Den ersten Stock bewohnte ein biederer Schneidermeister, links glänzte im zweiten Stock das Schild eines Postverwalters, rechts endlich das Porzellantäfelchen mit dem Namen des Forst- und Ökonomierates. Auf mein zaghaftes Läuten tat sofort eine ganz alte, weißhaarige Frau mit sauberem schwarzem Häubchen auf. Ich überreichte ihr meine Karte und fragte, ob Herr Forstrat zu sprechen sei. Erstaunt und mit einem gewissen Mißtrauen sah sie zuerst mich und dann die Karte an: in diesem weltverlorenen Städtchen, in diesem altväterischen* Haus schien ein Besuch von außen her ein Ereignis zu sein. Aber sie bat mich freundlich, zu warten, nahm die Karte, ging hinein ins Zimmer; leise hörte ich sie flüstern und dann plötzlich eine laute, polternde Männerstimme: ‚Ah, der Herr R... aus Berlin, von dem großen Antiquariat... soll nur kommen, soll nur kommen... freue mich sehr!' Und schon trippelte das alte Mütterchen wieder heran und bat mich in die gute Stube.

Ich legte ab und trat ein. In der Mitte des bescheidenen Zimmers stand hochaufgerichtet ein alter, aber noch markiger Mann mit buschigem Schnurrbart in verschnürtem, halb militärischem Hausrock und hielt mir herzlich beide Hände entgegen. Doch dieser offenen Geste unverkennbar freudiger und spontaner Begrüßung widersprach eine merkwürdige Starre in seinem Dastehen. Er kam mir nicht einen Schritt entgegen, und ich mußte — ein wenig befremdet — bis an ihn heran, um seine Hand zu fassen. Doch als ich sie fassen wollte, merkte ich an der waagerecht unbeweglichen Haltung dieser Hände, daß sie die meinen nicht suchten, sondern erwarteten. Und im nächsten Augenblick wußte ich alles: dieser Mann war blind.

Schon von Kindheit an, immer war es mir unbehaglich, einem Blinden gegenüberzustehen, niemals konnte ich mich einer gewissen Scham und Verlegenheit erwehren, einen Menschen ganz als lebendig zu fühlen und gleichzeitig zu wissen, daß er mich nicht so fühlte wie ich ihn. Auch jetzt hatte ich ein erstes Erschrecken zu überwinden, als ich diese toten, starr ins Leere hineingestellten Augen unter den aufgesträubten* weißbuschigen Brauen sah. Aber der Blinde ließ mir nicht lang Zeit zu solcher Befremdung, denn kaum daß meine Hand die seine berührte, schüttelte er sie auf das kräftigste und erneute den Gruß

DIE UNSICHTBARE SAMMLUNG

mit stürmischer, behaglich-polternder* Art. ‚Ein seltener Besuch', lachte er mir breit entgegen, ‚wirklich ein Wunder, daß sich einmal einer der Berliner großen Herren in unser Nest verirrt ... Aber da heißt es vorsichtig sein, wenn sich einer der Herren Händler auf die Bahn setzt ... Bei uns zu Hause sagt man immer: Tore und Taschen zu, wenn die Zigeuner kommen ... Ja, ich kann mirs schon denken, warum Sie mich aufsuchen ... Die Geschäfte gehen jetzt schlecht in unserem armen, heruntergekommenen Deutschland, es gibt keine Käufer mehr, und da besinnen sich die großen Herren wieder einmal auf ihre alten Kunden und suchen ihre Schäflein auf ... Aber bei mir, fürchte ich, werden Sie kein Glück haben, wir armen, alten Pensionisten* sind froh, wenn wir unser Stück Brot auf dem Tische haben. Wir können nicht mehr mittun bei den irrsinnigen Preisen, die ihr jetzt macht ... unsereins ist ausgeschaltet für immer.'

Ich berichtigte sofort, er habe mich mißverstanden, ich sei nicht gekommen, ihm etwas zu verkaufen, ich sei nur gerade hier in der Nähe gewesen und hätte die Gelegenheit nicht versäumen wollen, ihm als vieljahrigem Kunden unseres Hauses und einem der größten Sammler Deutschlands meine Aufwartung zu machen. Kaum hatte ich das Wort ‚einer der größten Sammler Deutschlands' ausgesprochen, so ging eine seltsame Verwandlung im Gesichte des alten Mannes vor. Noch immer stand er aufrecht und starr inmitten des Zimmers, aber jetzt kam ein Ausdruck plötzlicher Helligkeit und innersten Stolzes in seine Haltung, er wandte sich in die Richtung, wo er seine Frau vermutete, als wollte er sagen: ‚Hörst du', und voll Freudigkeit in der Stimme, ohne eine Spur jenes militärisch barschen Tones, in dem er sich noch eben gefallen, sondern weich, geradezu zärtlich, wandte er sich zu mir:

‚Das ist wirklich sehr, sehr schön von Ihnen ... Aber Sie sollen auch nicht umsonst gekommen sein. Sie sollen etwas sehen, was Sie nicht jeden Tag zu sehen bekommen, selbst nicht in Ihrem protzigen Berlin ... ein paar Stücke, wie sie nicht schöner in der ‚Albertina'* und in dem gottverfluchten Paris zu finden sind ... Ja, wenn man sechzig Jahre sammelt, da kommen allerhand Dinge zustande, die sonst nicht gerade auf der Straße liegen. Luise, gib mir mal den Schlüssel zum Schrank!'

Jetzt aber geschah etwas Unerwartetes. Das alte Mütterchen, das neben ihm stand und höflich, mit einer lächelnden, leise lauschenden Freundlichkeit an unserem Gespräch teilgenommen, hob plötzlich zu mir bittend beide Hände auf, und gleichzeitig machte sie mit dem Kopfe eine heftig verneinende Bewegung, ein Zeichen, das ich zunächst nicht verstand. Dann erst ging sie auf ihren Mann zu und legte ihm leicht beide Hände auf die Schulter: ‚Aber Herwarth', mahnte sie, ‚du fragst ja den Herrn gar nicht, ob er jetzt Zeit hat, die Sammlung zu besehen, es geht doch schon auf Mittag. Und nach Tisch mußt du eine Stunde ruhen, das hat der Arzt ausdrücklich verlangt. Ist es nicht besser, du zeigst dem Herrn alle die Sachen nach Tisch, und wir trinken dann gemeinsam Kaffee? Dann ist auch Annemarie hier, die versteht ja alles viel besser und kann dir helfen!'

Und nochmals, kaum daß sie die Worte ausgesprochen hatte, wiederholte sie gleichsam über den Ahnungslosen hinweg jene bittend eindringliche Gebärde. Nun verstand ich sie. Ich wußte, daß sie wünschte, ich solle eine sofortige Besichtigung ablehnen, und erfand schnell eine Verabredung zu Tisch. Es wäre mir ein Vergnügen und

eine Ehre, seine Sammlung besehen zu dürfen, aber dies
sei mir kaum vor drei Uhr möglich, dann aber würde ich
mich gern einfinden.

Ärgerlich wie ein Kind, dem man sein liebstes Spielzeug
genommen, wandte sich der alte Mann herum. ‚Natürlich', brummte er, ‚die Herren Berliner, die haben nie
für etwas Zeit. Aber diesmal werden Sie sich schon Zeit
nehmen müssen, denn das sind nicht drei oder fünf
Stücke, das sind siebenundzwanzig Mappen, jede für
einen andern Meister, und keine davon halb leer. Also um
drei Uhr; aber pünktlich sein, wir werden sonst nicht
fertig.'

Wieder streckte er mir die Hand ins Leere entgegen,
‚Passen Sie auf, Sie dürfen sich freuen — oder ärgern.
Und je mehr Sie sich ärgern, desto mehr freue ich mich.
So sind wir Sammler ja schon:* alles für uns selbst und
nichts für die andern!' Und nochmals schüttelte er mir
kräftig die Hand.

Das alte Frauchen begleitete mich zur Tür. Ich hatte ihr
schon die ganze Zeit eine gewisse Unbehaglichkeit ange-
merkt, einen Ausdruck verlegener Ängstlichkeit. Nun
aber, schon knapp am Ausgang, stotterte sie mit einer
ganz niedergedrückten Stimme: ‚Dürfte Sie ... dürfte
Sie ... meine Tochter Annemarie abholen, ehe Sie zu
uns kommen? ... Es ist besser aus ... aus mehreren
Gründen ... Sie speisen doch wohl im Hotel?'

‚Gewiß, ich werde mich freuen, es wird mir ein Vergnügen sein', sagte ich.

Und tatsächlich, eine Stunde später, als ich in der
kleinen Gaststube des Hotels am Marktplatz die Mit-
tagsmahlzeit gerade beendet hatte, trat ein ältliches
Mädchen, einfach gekleidet, mit suchendem Blick ein.
Ich ging auf sie zu, stellte mich vor und erklärte mich

bereit, gleich mitzugehen, um die Sammlung zu besichtigen. Aber mit einem plötzlichen Erröten und der gleichen wirren Verlegenheit, die ihre Mutter gezeigt hatte, bat sie mich, ob sie nicht zuvor noch einige Worte mit mir sprechen könnte. Und ich sah sofort, es wurde ihr schwer. Immer, wenn sie sich einen Ruck gab und zu sprechen versuchte, stieg diese unruhige, diese flatternde Röte ihr bis zur Stirn empor, und die Hand verbastelte* sich im Kleid. Endlich begann sie, stockend und immer wieder von neuem verwirrt:

,Meine Mutter hat mich zu Ihnen geschickt ... Sie hat mir alles erzählt, und ... wir haben eine große Bitte an Sie ... Wir möchten Sie nämlich informieren, ehe Sie zu Vater kommen ... Vater wird Ihnen natürlich seine Sammlung zeigen wollen, und die Sammlung ... die Sammlung ... ist nicht mehr ganz vollständig ... es fehlen eine Reihe Stücke daraus ... leider sogar ziemlich viele ...'

Wieder mußte sie Atem holen, dann sah sie mich plötzlich an und sagte hastig:

,Ich muß ganz aufrichtig zu Ihnen reden ... Sie kennen die Zeit, Sie werden alles verstehen ... Vater ist nach dem Ausbruch des Krieges* vollkommen erblindet. Schon vorher war seine Sehkraft öfters gestört, die Aufregung hat ihn dann gänzlich des Lichtes beraubt — er wollte nämlich durchaus, trotz seinen sechsundsiebzig Jahren, noch nach Frankreich mit, und als die Armee nicht gleich wie 1870 vorwärtskam, da hat er sich entsetzlich aufgeregt, und da ging es furchtbar rasch abwärts mit seiner Sehkraft. Sonst ist er ja noch vollkommen rüstig, er konnte bis vor kurzem noch stundenlang gehen, sogar auf seine geliebte Jagd. Jetzt ist es aber mit seinen Spaziergängen aus, und da blieb ihm als einzige Freude die

Sammlung, die sieht er sich jeden Tag an ... das heißt, er sieht sie ja nicht, er sieht ja nichts mehr, aber er holt sich doch jeden Nachmittag alle Mappen hervor, um wenigstens die Stücke anzutasten, eins nach dem andern, in der immer gleichen Reihenfolge, die er seit Jahrzehnten auswendig kennt ... Nichts anderes interessiert ihn heute mehr, und ich muß ihm immer aus der Zeitung vorlesen von allen Versteigerungen, und je höhere Preise er hört, desto glücklicher ist er ... denn ... das ist ja das Furchtbare, Vater versteht nichts mehr von den Preisen und von der Zeit ... er weiß nicht, daß wir alles verloren haben und daß man von seiner Pension nicht mehr zwei Tage im Monat leben kann ... dazu kam noch, daß der Mann meiner Schwester gefallen ist und sie mit vier kleinen Kindern zurückblieb ... Doch Vater weiß nichts von allen unseren materiellen Schwierigkeiten. Zuerst haben wir gespart, noch mehr gespart als früher, aber das half nichts. Dann begannen wir zu verkaufen — wir rührten natürlich nicht an seine geliebte Sammlung ... Man verkaufte das bißchen Schmuck, das man hatte, doch, mein Gott, was war das, hatte doch Vater seit sechzig Jahren jeden Pfennig, den er erübrigen konnte, einzig für seine Blätter ausgegeben. Und eines Tages war nichts mehr da ... wir wußten nicht weiter ... und da ... da ... haben Mutter und ich ein Stück verkauft. Vater hätte es nie erlaubt, er weiß ja nicht, wie schlecht es geht, er ahnt nicht, wie schwer es ist, im Schleichhandel* das bißchen Nahrung aufzutreiben, er weiß auch nicht, daß wir den Krieg verloren haben und daß Elsaß und Lothringen abgetreten sind, wir lesen ihm aus der Zeitung alle diese Dinge nicht mehr vor, damit er sich nicht aufregt.

Es war ein sehr kostbares Stück, das wir verkauften, eine Rembrandt-Radierung. Der Händler bot uns viele,

viele tausend Mark dafür, und wir hofften, damit auf Jahre versorgt zu sein. Aber Sie wissen ja, wie das Geld einschmilzt ... Wir hatten den ganzen Rest auf die Bank gelegt, doch nach zwei Monaten war alles weg. So mußten wir noch ein Stück verkaufen und noch eins, und der Händler sandte das Geld immer so spät, daß es schon entwertet war. Dann versuchten wir es bei Auktionen, aber auch da betrog man uns trotz den Millionenpreisen ... Bis die Millionen zu uns kamen, waren sie immer schon wertloses Papier. So ist allmählich das Beste seiner Sammlung bis auf ein paar gute Stücke weggewandert, nur um das nackte, kärglichste Leben zu fristen, und Vater ahnt nichts davon.

Deshalb erschrak auch meine Mutter so, als Sie heute kamen ... denn wenn er Ihnen die Mappen aufmacht, so ist alles verraten ... wir haben ihm nämlich in die alten Passepartouts, deren jedes er beim Anfühlen kennt, Nachdrucke oder ähnliche Blätter statt der verkauften eingelegt, so daß er nichts merkt, wenn er sie antastet. Und wenn er sie nur antasten und nachzählen kann (er hat die Reihenfolge genau in Erinnerung), so hat er genau dieselbe Freude, wie wenn er sie früher mit seinen offenen Augen sah. Sonst ist ja niemand in diesem kleinen Städtchen, den Vater je für würdig gehalten hätte, ihm seine Schätze zu zeigen ... und er liebt jedes einzelne Blatt mit einer so fanatischen Liebe, ich glaube, das Herz würde ihm brechen, wenn er ahnte, daß alles das unter seinen Händen längst weggewandert ist. Sie sind der erste in all diesen Jahren, seit der frühere Vorstand des Dresdner Kupferstichkabinetts tot ist, dem er seine Mappen zu zeigen meint. Darum bitte ich Sie ...'

Und plötzlich hob das alternde Mädchen die Hände auf, und ihre Augen schimmerten feucht.

‚... bitten wir Sie ... machen Sie ihn nicht unglücklich ... nicht uns unglücklich ... zerstören Sie ihm nicht diese letzte Illusion, helfen Sie uns, ihn glauben zu machen, daß alle diese Blätter, die er Ihnen beschreiben wird, noch vorhanden sind ... er würde es nicht überleben, wenn er es nur mutmaßte. Vielleicht haben wir ein Unrecht an ihm getan, aber wir konnten nicht anders: man mußte leben ... und Menschenleben, vier verwaiste Kinder, wie die meiner Schwester, sind doch wichtiger als bedruckte Blätter ... Bis zum heutigen Tage haben wir ihm ja auch keine Freude genommen damit; er ist glücklich, jeden Nachmittag drei Stunden seine Mappen durchblättern zu dürfen, mit jedem Stück wie mit einem Menschen zu sprechen. Und heute ... heute wäre vielleicht sein glücklichster Tag, wartet er doch seit Jahren darauf, einmal einem Kenner seine Lieblinge zeigen zu dürfen; bitte ... ich bitte Sie mit aufgehobenen Händen, zerstören Sie ihm diese Freude nicht!'

Das war alles so erschütternd gesagt, wie es mein Nacherzählen gar nicht ausdrücken kann. Mein Gott, als Händler hat man ja viele dieser niederträchtig ausgeplünderten, von der Inflation hundsföttisch betrogenen Menschen gesehen, denen kostbarster, jahrhundertealter Familienbesitz um ein Butterbrot weggegaunert war* — aber hier schuf das Schicksal ein Besonderes, das mich besonders ergriff. Selbstverständlich versprach ich ihr, zu schweigen und mein Bestes zu tun.

Wir gingen nun zusammen hin — unterwegs erfuhr ich noch voll Erbitterung, mit welchen Kinkerlitzchen von Beträgen man diese armen, unwissenden Frauen betrogen hatte, aber das festigte nur meinen Entschluß, ihnen bis zum Letzten zu helfen. Wir gingen die Treppe hinauf, und kaum daß wir die Türe aufklinkten, hörten wir von der Stube drinnen schon die freudig-polternde Stimme des alten Mannes: ‚Herein! herein!' Mit der Feinhörigkeit eines Blinden mußte er unsere Schritte schon von der Treppe vernommen haben.

‚Herwarth hat heute gar nicht schlafen können vor Ungeduld, Ihnen seine Schätze zu zeigen', sagte lächelnd das alte Mütterchen. Ein einziger Blick ihrer Tochter hatte sie bereits über mein Einverständnis beruhigt. Auf dem Tische lagen ausgebreitet und wartend die Stöße der Mappen, und kaum daß der Blinde meine Hand fühlte, faßte er schon ohne weitere Begrüßung meinen Arm und drückte mich auf den Sessel.

‚So, und jetzt wollen wir gleich anfangen — es ist viel zu sehen, und die Herren aus Berlin haben ja niemals Zeit. Diese erste Mappe da ist Meister Dürer und, wie Sie sich überzeugen werden, ziemlich komplett — dabei ein Exemplar schöner als das andere. Na, Sie werden ja selber urteilen, da sehen Sie einmal!' — er schlug das erste Blatt der Mappe auf — ‚das große Pferd'.

Und nun entnahm er mit jener zärtlichen Vorsicht, wie man sonst etwas Zerbrechliches berührt, mit ganz behutsam anfassenden schonenden Fingerspitzen der Mappe ein Passepartout, in dem ein leeres vergilbtes Papierblatt eingerahmt lag, und hielt den wertlosen Wisch begeistert vor sich hin. Er sah es an, minutenlang, ohne doch wirklich zu sehen, aber er hielt ekstatisch das leere Blatt mit ausgespreizter Hand in Augenhöhe, sein ganzes Gesicht drückte magisch die angespannte Geste eines Schauenden aus. Und in seine Augen, die starren mit ihren toten Sternen, kam mit einemmal — schuf dies der Reflex des Papiers oder ein Glanz von innen her? — eine spiegelnde Helligkeit, ein wissendes Licht.

‚Nun', sagte er stolz, ‚haben Sie schon jemals einen

schöneren Abzug gesehen? Wie scharf, wie klar da jedes Detail herauswächst — ich habe das Blatt verglichen mit dem Dresdner Exemplar, aber das wirkte ganz flau und stumpf dagegen. Und dazu das Pedigree! Da' — und er wandte das Blatt um und zeigte mit dem Fingernagel auf der Rückseite haargenau auf einzelne Stellen des leeren Blattes, so daß ich unwillkürlich hinsah, ob die Zeichen nicht doch noch da waren — ,da haben Sie den Stempel der Sammlung Nagler, hier den von Remy und Esdaile;* die haben auch nicht geahnt, diese illustren Vorbesitzer, daß ihr Blatt einmal hierher in die kleine Stube käme.'

Mir lief es kalt über den Rücken, als der Ahnungslose ein vollkommen leeres Blatt so begeistert rühmte, und es war gespenstisch mitanzusehen, wie er mit dem Fingernagel bis zum Millimeter genau auf alle die nur in seiner Phantasie noch vorhandenen unsichtbaren Sammlerzeichen hindeutete. Mir war die Kehle vor Grauen zugeschnürt, ich wußte nichts zu antworten; aber als ich verwirrt zu den beiden aufsah, begegnete ich wieder den flehentlich aufgehobenen Händen der zitternden und aufgeregten Frau. Da faßte ich mich und begann mit meiner Rolle.

,Unerhört!' stammelte ich endlich heraus. ,Ein herrlicher Abzug.' Und sofort erstrahlte sein ganzes Gesicht vor Stolz. ,Das ist aber noch gar nichts', triumphierte er, ,da müssen Sie erst die ,Melancholia' sehen oder da die ,Passion', ein illuminiertes Exemplar, wie es kaum ein zweites Mal vorkommt in gleicher Qualität. Da sehen Sie nur' — und wieder strichen zärtlich seine Finger über eine imaginäre Darstellung hin — ,diese Frische, dieser körnige, warme Ton. Da würde Berlin kopfstehen mit allen seinen Herren Händlern und Museumsdoktoren.'

Und so ging dieser rauschende, redende Triumph

weiter, zwei ganze geschlagene Stunden lang.* Nein, ich
kann es Ihnen nicht schildern, wie gespenstisch das war,
mit ihm diese hundert oder zweihundert leeren Papierfetzen
oder schäbigen Reproduktionen anzusehen, die
aber in der Erinnerung dieses tragisch Ahnungslosen so
unerhört wirklich waren, daß er ohne Irrtum in fehlloser
Aufeinanderfolge jedes einzelne mit den präzisesten Details
rühmte und beschrieb: die unsichtbare Sammlung,
die längst in alle Winde zerstreut sein mußte, sie war für
diesen Blinden, für diesen rührend betrogenen Menschen
noch unverstellt* da und die Leidenschaft seiner Vision
so überwältigend, daß beinahe auch ich schon an sie zu
glauben begann. Nur einmal unterbrach schreckhaft die
Gefahr eines Erwachens die somnambule Sicherheit seiner
schauenden Begeisterung: er hatte bei der Rembrandtschen
‚Antiope' (einem Probeabzug, der tatsächlich einen
unermeßlichen Wert gehabt haben mußte) wieder die
Schärfe des Druckes gerühmt, und dabei war sein nervös
hellsichtiger Finger, liebevoll nachzeichnend, die Linie
des Eindruckes nachgefahren, ohne daß aber die geschärften
Tastnerven jene Vertiefung auf dem fremden Blatte
fanden. Da ging es plötzlich wie ein Schatten über seine
Stirne hin, die Stimme verwirrte sich. ‚Das ist doch ...
das ist doch die ‚Antiope?' murmelte er, ein wenig
verlegen, worauf ich mich sofort ankurbelte, ihm eilig das
gerahmte Blatt aus den Händen nahm und die auch mir
gegenwärtige Radierung in allen möglichen Einzelheiten
begeistert beschrieb. Da entspannte sich das verlegen
gewordene Gesicht des Blinden wieder. Und je mehr ich
rühmte, desto mehr blühte in diesem knorrigen, vermorschten
Manne eine joviale Herzlichkeit, eine biederheitere
Innigkeit auf. ‚Da ist einmal einer, der etwas
versteht', jubelte er, triumphierend zu den Seinen hin-

gewandt. ‚Endlich, endlich einmal einer, von dem auch ihr hört, was meine Blätter da wert sind. Da habt ihr mich immer mißtrauisch gescholten, weil ich alles Geld in meine Sammlung gesteckt: es ist ja wahr, in sechzig Jahren kein Bier, kein Wein, kein Tabak, keine Reise, kein Theater, kein Buch, nur immer gespart und gespart für diese Blätter. Aber ihr werdet einmal sehen, wenn ich nicht mehr da bin — dann seid ihr reich, reicher als alle in der Stadt, und so reich wie die Reichsten in Dresden, dann werdet ihr meiner Narrheit noch einmal froh sein.* Doch solange ich lebe, kommt kein einziges Blatt aus dem Haus — erst müssen sie mich hinaustragen, dann erst meine Sammlung.'

Und dabei strich seine Hand zärtlich, wie über etwas Lebendiges, über die längst geleerten Mappen — es war grauenhaft und doch gleichzeitig rührend für mich, denn in all den Jahren des Krieges hatte ich nicht einen so vollkommenen, so reinen Ausdruck von Seligkeit auf einem deutschen Gesichte gesehen. Neben ihm standen die Frauen, geheimnisvoll ähnlich den weiblichen Gestalten auf jener Radierung des deutschen Meisters, die, gekommen, um das Grab des Heilands zu besuchen, vor dem erbrochenen, leeren Gewölbe mit einem Ausdruck fürchtigen Schreckens und zugleich gläubiger, wunderfreudiger Ekstase stehen. Wie dort auf jenem Bilde die Jüngerinnen von der himmlischen Ahnung des Heilands, so waren diese beiden alternden, zermürbten, armseligen Kleinbürgerinnen angestrahlt von der kindlich-seligen Freude des Greises, halb in Lachen, halb in Tränen, ein Anblick, wie ich ihn nie ähnlich erschütternd erlebt. Aber der alte Mann konnte nicht satt werden an meinem Lob, immer wieder häufte und wendete er die Blätter, durstig jedes Wort eintrinkend: so war es für mich eine

Erholung, als endlich die lügnerischen Mappen zur Seite geschoben wurden und er widerstrebend* den Tisch freigeben mußte für den Kaffee. Doch was war dies mein schuldbewußtes Aufatmen gegen die aufgeschwellte, tumultuöse Freudigkeit, gegen den Übermut des wie um dreißig Jahre verjüngten Mannes! Er erzählte tausend Anekdoten von seinen Käufen und Fischzügen,* tappte, jede Hilfe abweisend, immer wieder auf, um noch und noch ein Blatt herauszuholen: wie von Wein war er übermütig und trunken. Als ich aber endlich sagte, ich müsse Abschied nehmen, erschrak er geradezu, tat verdrossen wie ein eigensinniges Kind und stampfte trotzig mit dem Fuße auf, das ginge nicht an, ich hätte kaum die Hälfte gesehen. Und die Frauen hatten harte Not, seinem starrsinnigen Unmut begreiflich zu machen, daß er mich nicht länger zurückhalten dürfe, weil ich sonst meinen Zug versäume.

Als er sich endlich nach verzweifeltem Widerstand gefügt hatte und es an den Abschied ging, wurde seine Stimme ganz weich. Er nahm meine beiden Hände, und seine Finger strichen liebkosend mit der ganzen Ausdrucksfähigkeit eines Blinden an ihnen entlang bis zu den Gelenken, als wollten sie mehr von mir wissen und mir mehr Liebe sagen, als es Worte vermochten. ‚Sie haben mir eine große, große Freude gemacht mit Ihrem Besuch', begann er mit einer von innen her aufgewühlten Erschütterung, ‚die ich nie vergessen werde. Das war mir eine wirkliche Wohltat, endlich, endlich, endlich einmal wieder mit einem Kenner meine geliebten Blätter durchsehen zu können. Doch Sie sollen sehen, daß Sie nicht vergebens zu mir altem, blindem Manne gekommen sind. Ich verspreche Ihnen hier vor meiner Frau als Zeugin, daß ich in meine Verfügungen noch eine Klausel einsetzen

will, die Ihrem altbewährten Hause die Auktion meiner
Sammlung überträgt. Sie sollen die Ehre haben, diesen
unbekannten Schatz' — und dabei legte er die Hand liebevoll auf die ausgeraubten Mappen —, verwalten zu
dürfen bis an den Tag, da er sich in die Welt zerstreut.
Versprechen Sie mir nur, einen schönen Katalog zu
machen: er soll mein Grabstein sein, ich brauche keinen
besseren.'

Ich sah auf Frau und Tochter, sie hielten sich eng zusammen, und manchmal lief ein Zittern hinüber von einer
zur andern, als wären sie ein einziger Körper, der da bebte
in einmütiger Erschütterung. Mir selbst war es ganz
feierlich zumute, da mir der rührend Ahnungslose seine
unsichtbare, längst zerstobene Sammlung wie eine Kost-
barkeit zur Verwaltung zuteilte. Ergriffen versprach ich
ihm, was ich niemals erfüllen konnte; wieder ging ein
Leuchten in den toten Augensternen auf, ich spürte, wie
seine Sehnsucht von innen suchte, mich leibhaftig zu
fühlen: ich spürte es an der Zärtlichkeit, an dem liebenden
Anpressen seiner Finger, die die meinen hielten in Dank
und Gelöbnis.

Die Frauen begleiteten mich zur Türe. Sie wagten nicht
zu sprechen, weil seine Feinhörigkeit jedes Wort erlauscht
hätte, aber wie heiß in Tränen, wie strömend voll Dankbarkeit strahlten ihre Blicke mich an! Ganz betäubt tastete
ich mich die Treppe hinunter. Eigentlich schämte ich
mich: da war ich wie der Engel des Märchens in eine
Armeleutestube getreten, hatte einen Blinden sehend
gemacht für eine Stunde nur dadurch, daß ich einem
frommen Betrug Helferdienst bot und unverschämt log,
ich, der in Wahrheit doch als ein schäbiger Krämer gekommen war, um ein paar kostbare Stücke jemandem
listig abzujagen. Was ich aber mitnahm, war mehr: ich

hatte wieder einmal reine Begeisterung lebendig spüren dürfen in dumpfer, freudloser Zeit, eine Art geistig durchleuchteter, ganz auf die Kunst gewandter Ekstase, wie sie unsere Menschen längst verlernt zu haben scheinen. Und mir war — ich kann es nicht anders sagen — erhfürchtig zumute, obgleich ich mich noch immer schämte, ohne eigentlich zu wissen, warum.

Schon stand ich unten auf der Straße, da klirrte oben ein Fenster, und ich hörte meinen Namen rufen: wirklich, der alte Mann hatte es sich nicht nehmen lassen, mit seinen blinden Augen mir in der Richtung nachzusehen, in der er mich vermutete. Er beugte sich so weit vor, daß die beiden Frauen ihn vorsorglich stützen mußten, schwenkte sein Taschentuch und rief: ‚Reisen Sie gut!' mit der heiteren, aufgefrischten Stimme eines Knaben. Unvergeßlich war mir der Anblick: dies frohe Gesicht des weißhaarigen Greises da oben im Fenster, hoch schwebend über all den mürrischen, gehetzten, geschäftigen Menschen der Straße, sanft aufgehoben aus unserer wirklichen widerlichen Welt von der weißen Wolke eines gütigen Wahns. Und ich mußte wieder an das alte wahre Wort denken — ich glaube, Goethe hat es gesagt —: ‚Sammler sind glückliche Menschen.'"

Unvermutete Bekanntschaft
mit einem Handwerk

Herrlich an jenem merkwürdigen Aprilmorgen 1931 war schon die nasse, aber bereits wieder durchsonnte Luft. Wie ein Seidenbonbon* schmeckte sie süß, kühl, feucht und glänzend, gefilterter Frühling, unverfälschtes Ozon, und mitten auf dem Boulevard de Strasbourg* atmete man überrascht einen Duft von aufgebrochenen Wiesen und Meer. Dieses holde Wunder hatte ein Wolkenbruch vollbracht, einer jener kapriziösen Aprilschauer, mit denen der Frühling sich oftmals auf ungezogenste Weise anzukündigen pflegt. Unterwegs schon war unser Zug einem dunklen Horizont nachgefahren, der vom Himmel schwarz in die Felder schnitt; aber erst bei Meaux* — schon streuten sich die Spielzeugwürfel der Vorstadthäuser ins Gelände, schon bäumten sich schreiend die ersten Plakattafeln aus dem verärgerten Grün, * schon raffte die betagte Engländerin mir gegenüber im Coupé ihre vierzehn Taschen und Flaschen und Reiseetuis zusammen — da platzte sie endlich auf, jene schwammige, vollgesogene Wolke, die bleifarben und böse seit Epernay mit unserer Lokomotive um die Wette lief. Ein kleiner blasser Blitz gab das Signal, und sofort stürzten mit Trompetengeprassel kriegerische Wassermassen herab, um unseren fahrenden Zug mit nassem Maschinengewehrfeuer zu bestreichen. Schwer getroffen weinten die Fensterscheiben unter den klatschenden Schlägen des Hagels, kapitulierend senkte die Lokomotive ihre graue Rauchfahne zur Erde. Man sah nichts mehr, man hörte nichts als dies erregt triefende Geprassel auf Stahl und Glas, und wie ein gepeinigtes Tier lief der Zug, dem Wolkenbruch zu entkommen, über die blanken Schienen. Aber siehe da, noch stand man, glücklich angelangt, unter dem Vorbau des Gare de l'Est und wartete auf den Gepäckträger, da blitzte hinter dem grauen Schnürboden des Regens schon wieder hell der Prospekt des Boulevards auf; ein scharfer Sonnenstrahl stieß seinen Dreizack durch das entflüchtende Gewölk, und sofort blinkten die Häuserfassaden wie poliertes Messing und der Himmel leuchtete in ozeanischem Blau. Goldnackt wie Aphrodite Anadyomene* aus den Wogen, so stieg die Stadt aus dem niedergestreiften Mantel des Regens, ein göttlicher Anblick. Und sofort, mit einem Flitz,* stoben rechts und links aus hundert Unterschlupfen und Verstecken die Menschen auf die Straße, schüttelten sich, lachten und liefen ihren Weg, der zurückgestaute Verkehr rollte, knarrte, schnarrte und pfauchte* wieder mit hundert Vehikeln quirlend durcheinander, alles atmete und freute sich des zurückgegebenen Lichtes. Selbst die hektischen Bäume des Boulevards, festgerammt im harten Asphalt, griffen, noch ganz begossen und betropft, wie sie waren, mit ihren kleinen, spitzen Knospenfingern in den neuen, sattblauen Himmel und versuchten ein wenig zu duften. Wahrhaftig, es gelang ihnen. Und Wunder über Wunder: man spürte deutlich ein paar Minuten das dünne, ängstliche Atmen der Kastanienblüten mitten im Herzen von Paris, mitten auf dem Boulevard de Strasbourg.

Und zweite Herrlichkeit dieses gesegneten Apriltages: ich hatte, frisch angekommen, keine einzige Verabredung bis tief hinein in den Nachmittag. Niemand von den viereinhalb Millionen Stadtbürgern von Paris wußte von mir oder wartete auf mich, ich war also göttlich frei,* zu tun, was ich wollte. Ich konnte ganz nach meinem Belieben entweder spazieren schlendern oder Zeitung lesen, konnte in einem Café sitzen oder essen oder in ein Museum gehen, Auslagen anschauen oder die Bücher des Quais,* ich konnte Freunde antelephonieren oder bloß in die laue, süße Luft hineinstarren. Aber glücklicherweise tat ich aus wissendem Instinkt das Vernünftigste: nämlich nichts. Ich machte keinerlei Plan, ich gab mich frei, schaltete jeden Kontakt auf Wunsch und Ziel ab und stellte meinen Weg ganz auf die rollende Scheibe des Zufalls, das heißt, ich ließ mich treiben, wie mich die Straße trieb, locker vorbei an den blitzenden Ufern der Geschäfte und rascher über die Stromschnellen der Straßenübergänge. Schließlich warf mich die Welle hinab in die großen Boulevards; ich landete wohlig müde auf der Terrasse eines Cafés, Ecke Boulevard Haussmann und Rue Drouot.

Da bin ich wieder, dachte ich, locker in den nachgiebigen Strohsessel gelehnt, während ich mir eine Zigarre anzündete, und da bist du, Paris! Zwei ganze Jahre haben wir alten Freunde einander nicht gesehen, jetzt wollen wir uns fest in die Augen schauen. Also vorwärts, leg los,* Paris, zeig, was du seitdem dazugelernt hast, vorwärts, fang an, laß deinen unübertrefflichen Tonfilm ‚Les Boulevards de Paris' vor mir abrollen, dies Meisterwerk von Licht und Farbe und Bewegung mit seinen tausend und tausend unbezahlten und unzählbaren Statisten, und mach dazu deine unnachahmliche, klirrende, ratternde, brausende Straßenmusik! Spar nicht, gib Tempo, zeig, was du kannst, zeig, wer du bist, schalte dein großes Orchestrion* ein mit atonaler, pantonaler Straßenmusik, laß deine Autos fahren, deine Camelots* brüllen, deine Plakate knallen, deine Hupen dröhnen, deine Geschäfte funkeln, deine Menschen laufen — hier sitze ich, aufgetan* wie nur je, und habe Zeit und Lust dir zuzuschauen, dir zuzuhören, bis mir die Augen schwirren und das Herz dröhnt. Vorwärts, vorwärts, spar nicht, verhalte dich nicht, gib mehr und immer mehr, wilder und immer wilder, immer andere und immer neue Schreie und Rufe, Hupen und zersplitterte Töne, mich macht es nicht müd, denn alle Sinne stehen dir offen, vorwärts und vorwärts, gib dich ganz mir hin, so wie ich bereit bin, ganz mich dir hinzugeben, du unerlernbare und immer wieder neu bezaubernde Stadt!

Denn — und dies war die dritte Herrlichkeit dieses außerordentlichen Morgens — ich fühlte schon an einem gewissen Prickeln in den Nerven, daß ich wieder einmal meinen Neugiertag* hatte, wie meist nach einer Reise oder einer durchwachten Nacht. An solchen Neugiertagen bin ich gleichsam doppelt und sogar vielfach ich selbst; ich habe dann nicht genug an meinem eigenen umgrenzten Leben, mich drängt, mich spannt etwas von innen, als müßte ich aus meiner Haut herausschlüpfen wie der Schmetterling aus seiner Puppe. Jede Pore dehnt sich, jeder Nerv krümmt sich zu einem feinen, glühenden Enterhaken, eine fanatische Hellhörigkeit, Hellsichtigkeit überkommt mich, eine fast unheimliche Luzidität, die mir Pupille und Trommelfell schärfer spannt. Alles wird mir geheimnisvoll, was ich mit dem Blick berühre. Stundenlang kann ich einem Straßenarbeiter zusehen, wie er mit dem elektrischen Bohrer den Asphalt aufstemmt, und so stark spüre ich aus dem bloßen Beobachten sein Tun, daß jede Bewegung seiner durchschütterten Schulter unwillkürlich in die meine übergeht. Endlos kann ich vor irgendeinem fremden Fenster stehen und mir das Schicksal des unbekannten Menschen ausphantasieren,* der vielleicht hier wohnt oder wohnen könnte, stundenlang irgendeinem Passanten zusehen und nachgehen, von Neugier magnetischsinnlos nachgezogen und voll bewußt dabei, daß dieses Tun völlig unverständlich und narrhaft wäre für jeden anderen, der mich zufällig beobachtete, und doch ist diese Phantasie und Spiellust* berauschender für mich als jedes schon gestaltete Theaterstück oder das Abenteuer eines Buches. Mag sein, daß dieser Überreiz,* diese nervöse Hellsichtigkeit sehr natürlich mit der plötzlichen Ortsveränderung zusammenhängt und nur Folge ist der Umstellung des Luftdruckes und der dadurch bedingten chemischen Umschaltung des Blutes — ich habe nie versucht, mir diese geheimnisvolle Erregtheit zu erklären. Aber immer, wenn ich sie fühle, scheint mir mein sonstiges Leben wie ein blasses Hindämmern und alle anderen durchschnittlichen Tage nüchtern und leer. Nur in solchen Augenblicken spüre ich mich und die phantastische Vielfalt des Lebens völlig.

So ganz aus mir herausgebeugt,* so spiellüstern und angespannt saß ich auch damals an jenem gesegneten Apriltag auf meinem Sesselchen am Ufer des Menschenstromes und wartete, ich wußte nicht worauf. Aber ich wartete mit dem leisen fröstelnden Zittern des Anglers auf jenen gewissen Ruck, ich wußte instinkthaft, daß mir irgend etwas, irgend jemand begegnen mußte, weil ich so tauschgierig,* so rauschgierig war, meiner Neugierlust etwas zum Spielen heranzuholen. Aber die Straße warf mir vorerst nichts zu, und nach einer halben Stunde wurden meine Augen der vorbeigewirbelten Massen müde, ich nahm nichts einzelnes mehr deutlich wahr. Die Menschen, die der Boulevard vorbeispülte, begannen für mich ihre Gesichter zu verlieren, sie wurden ein verschwommener Schwall von gelben, braunen, schwarzen, grauen Mützen, Kappen und Käppis, leeren und schlecht geschminkten Ovalen, ein langweiliges Spülicht schmutzigen Menschenwassers,* das immer farbloser und grauer strömte, je ermüdeter ich blickte. Und schon war ich erschöpft, wie von einem undeutlich zuckenden und schlecht kopierten Film, und wollte aufstehen und weiter. Da endlich, da endlich entdeckte ich ihn.

Er fiel mir zuerst auf, dieser fremde Mensch, dank der simplen Tatsache, daß er immer wieder in mein Blickfeld kam. Alle die andern tausende und tausende Menschen, welche mir diese halbe Stunde vorüberschwemmte, stoben wie von unsichtbaren Bändern weggerissen fort,* sie zeigten hastig ein Profil, einen Schatten, einen Umriß, und schon hatte die Strömung sie für immer mitgeschleppt. Dieser eine Mensch aber kam immer wieder und immer an dieselbe Stelle; deshalb bemerkte ich ihn. So wie die Brandung manchmal mit unbegreiflicher Beharrlichkeit eine einzige schmutzige Alge an den Strand spült und sofort mit ihrer nassen Zunge wieder zurückschluckt, um sie gleich wieder hinzuwerfen und zurückzunehmen, so schwemmte diese eine Gestalt immer wieder mit dem Wirbel heran, und zwar jedesmal in gewissen, fast regelmäßigen Zeitabständen und immer an derselben Stelle und immer mit dem gleichen geduckten, merkwürdig überdeckten Blick.* Ansonsten* erwies sich dieses Stehaufmännchen als keine große Sehenswürdigkeit; ein dürrer, ausgehungerter Körper, schlecht eingewickelt in ein kanariengelbes Sommermäntelchen, das ihm sicher nicht eigens auf den Leib geschneidert war,* denn die Hände verschwanden ganz unter den überhängenden Ärmeln; es war in lächerlichem Maße zu weit, überdimensional, dieses kanariengelbe Mäntelchen einer längstverschollenen Mode,* für dies dünne Spitzmausgesicht mit den blassen, fast ausgelöschten Lippen, über denen ein blondes Bürstchen wie ängstlich zitterte. Alles an diesem armen Teufel schlotterte falsch und schlapp — schiefschultrig mit dünnen Clownbeinen schlich er bekümmerten Gesichts bald von rechts, bald von links aus dem

Wirbel, blieb dann anscheinend ratlos stehen, sah ängstlich auf wie ein Häschen aus dem Hafer, schnupperte, duckte sich und verschwand neuerdings im Gedränge. Außerdem — und dies war das zweite, das mir auffiel — schien dieses abgeschabte Männchen, das mich irgendwie an einen Beamten aus einer Gogolschen Novelle * erinnerte, stark kurzsichtig oder besonders ungeschickt zu sein, denn zweimal, dreimal, viermal beobachtete ich, wie eiligere, zielbewußtere Passanten dies kleine Stückchen Straßenelend anrannten und beinahe umrannten. Aber dies schien ihn nicht sonderlich zu bekümmern; demütig wich er zur Seite, duckte sich und schlüpfte neuerdings vor und war immer da, immer wieder, jetzt vielleicht schon zum zehnten- oder zwölftenmal in dieser knappen halben Stunde.

Nun, das interessierte mich. Oder vielmehr, ich ärgerte mich zuerst, und zwar über mich selbst, daß ich, neugierig, wie ich an diesem Tage war, nicht gleich erraten konnte, was dieser Mensch hier wollte. Und je vergeblicher ich mich bemühte, desto ärgerlicher wurde meine Neugier. Donnerwetter, was suchst du eigentlich, Kerl? Auf was, auf wen wartest du da? Ein Bettler, das bist du nicht, der stellt sich nicht so tolpatschig mitten ins dickste Gewühl, wo niemand Zeit hat, in die Tasche zu greifen. Ein Arbeiter bist du auch nicht, denn die haben Schlag elf Uhr vormittags keine Gelegenheit, hier so lässig herumzulungern. Und auf ein Mädchen wartest du schon gar nicht, mein Lieber, denn solch einen armseligen Besenstiel sucht sich nicht einmal die Älteste und Abgetakeltste aus. Also Schluß, was suchst du da? Bist du vielleicht einer jener obskuren Fremdenführer, die, von der Seite leise anschleichend, unter dem Ärmel obszöne Photographien herausvoltigieren und dem Provinzler alle Herrlichkeiten

Sodoms und Gomorras für einen Bakschisch versprechen? Nein, auch das nicht, denn du sprichst ja niemanden an, im Gegenteil, du weichst jedem ängstlich aus mit deinem merkwürdig geduckten und gesenkten Blick. Also zum Teufel, was bist du, Duckmäuser? Was treibst du da in meinem Revier? Schärfer und schärfer nahm ich ihn aufs Korn, in fünf Minuten war es für mich schon Passion, schon Spiellust geworden, herauszubekommen, was dieses kanariengelbe Stehaufmännchen hier auf dem Boulevard wollte. Und plötzlich wußte ich es: es war ein Detektiv.

Ein Detektiv, ein Polizist in Zivil, ich erkannte das instinktiv an einer ganz winzigen Einzelheit, an jenem schrägen Blick, mit dem er jeden einzelnen Vorübergehenden hastig visitierte, jenem unverkennbaren Agnoszierungsblick,* den die Polizisten gleich im ersten Jahre ihrer Ausbildung lernen müssen. Dieser Blick ist nicht einfach, denn einerseits muß er rapid wie ein Messer die Naht entlang von unten den ganzen Körper herauflaufen bis zum Gesicht und mit diesem erhellenden Blinkfeuer einerseits die Physiognomie erfassen und anderseits innerlich mit dem Signalement bekannter und gesuchter Verbrecher vergleichen. Zweitens aber — und das ist vielleicht noch schwieriger — muß dieser Beobachtungsblick ganz unauffällig eingeschaltet werden, denn der Spähende darf sich nicht als Späher vor dem andern verraten. Nun, dieser mein Mann hatte seinen Kurs ausgezeichnet absolviert; duselig wie ein Träumer schlich und strich er scheinbar gleichgültig durch das Gedränge, ließ sich lässig stoßen und schieben, aber zwischendurch schlug er dann immer plötzlich — es war wie der Blitz eines photographischen Verschlusses * — die schlaffen Augenlider auf und stieß zu wie mit einer Harpune. Niemand ringsum schien ihn bei seinem amtlichen Handwerk zu beobachten, und auch ich selber hätte nichts bemerkt, wäre dieser gesegnete Apriltag nicht glücklicherweise auch mein Neugiertag gewesen und ich so lange und ingrimmig auf der Lauer gelegen.

Aber auch sonst mußte dieser heimliche Polizist ein besonderer Meister seines Faches sein, denn mit wie raffinierter Täuschungskunst hatte er es verstanden, Gehaben, Gang, Kleidung oder vielmehr die Lumpen eines richtigen Straßentrotters* für seinen Vogelfängerdienst* nachzuahmen. Ansonsten erkennt man Polizisten in Zivilkleidung unweigerlich auf hundert Schritte Distanz, weil diese Herren sich in allen Verkleidungen nicht entschließen können, den letzten Rest ihrer amtlichen Würde abzulegen, niemals lernen sie bis zur täuschenden Vollkommenheit jenes scheue, ängstliche Geducktsein, das all den Menschen ganz natürlich in den Gang fällt, denen jahrzehntelange Armut die Schultern drückt. Dieser aber, Respekt,* hatte die Verlotterung eines Stromers geradezu stinkend wahrgemacht* und bis ins letzte Detail die Vagabundenmaske durchgearbeitet. Wie psychologisch richtig schon dies, daß der kanariengelbe Überzieher, der etwas schiefgelegte braune Hut mit letzter Anstrengung eine gewisse Eleganz markierte, während unten die zerfransten Hosen und oben der abgestoßene Rock das nackte Elend durchschimmern ließen: als geübter Menschenjäger mußte er beobachtet haben, daß die Armut, diese gefräßige Ratte, jedes Kleidungsstück zunächst an den Rändern anknabbert. Auf eine derart triste* Garderobe war auch die verhungerte Physiognomie vortrefflich charakteristisch abgestimmt, das dünne Bärtchen (wahrscheinlich angeklebt), die schlechte Rasur,* die künstlich verwirrten und zerknitterten Haare, die jeden Unvorein-

BEKANNTSCHAFT MIT EINEM HANDWERK 121

genommenen hätten schwören lassen, dieser arme Teufel habe die letzte Nacht auf einer Bank verbracht oder auf einer Polizeipritsche. Dazu noch ein kränkliches Hüsteln mit vorgehaltener Hand, das frierende Zusammenziehen des Sommermäntelchens, das schleicherisch leise Gehen, als stecke Blei in den Gliedern; beim Zeus: hier hatte ein Verwandlungskünstler ein vollendetes klinisches Bild von Schwindsucht letzten Grades* geschaffen.

Ich schäme mich nicht einzugestehen: ich war begeistert von der großartigen Gelegenheit, hier einen offiziellen Polizeibeobachter privat zu beobachten, obwohl ich es in einer anderen Schicht meines Gefühls zugleich niederträchtig fand, daß an einem solchen gesegneten Azurtag mitten unter Gottes freundlicher Aprilsonne hier ein verkleideter pensionsberechtigter Staatsangestellter nach irgendeinem armen Teufel angelte, um ihn aus diesem sonnenzitternden Frühlingslicht in irgendeinen Kotter zu schleppen. Immerhin, es war erregend, ihm zu folgen, immer gespannter beobachtete ich jede seiner Bewegungen und freute mich jedes neuentdeckten Details. Aber plötzlich zerfloß meine Entdeckungsfreude wie Gefrornes in der Sonne. Denn etwas stimmte mir nicht in meiner Diagnose, etwas paßte mir nicht. Ich wurde wieder unsicher. War das wirklich ein Detektiv? Je schärfer ich diesen sonderbaren Spaziergänger aufs Korn nahm, desto mehr bestärkte sich der Verdacht, diese seine zur Schau getragene Armseligkeit sei doch um einen Grad *zu* echt, *zu* wahr, um bloß eine Polizeiattrappe zu sein. Da war vor allem, erstes Verdachtsmoment, der Hemdkragen. Nein, etwas dermaßen Verdrecktes* hebt man nicht einmal vom Müllhaufen auf, um sichs mit eigenen nackten Fingern um den Hals zu legen; so etwas trägt man nur in wirklicher verzweifelster Verwahrlosung.

Und dann — zweite Unstimmigkeit — die Schuhe, sofern es überhaupt erlaubt ist, derlei kümmerliche, in völliger Auflösung befindliche Lederfetzen noch Schuhe zu nennen. Der rechte Stiefel war statt mit schwarzen Senkeln bloß mit grobem Bindfaden zugeschnürt, während beim linken die abgelöste Sohle bei jedem Schritt aufklappte wie ein Froschmaul. Nein, auch ein solches Schuhwerk erfindet und konstruiert man sich nicht zu einer Maskerade. Vollkommen ausgeschlossen, schon gab es keinen Zweifel mehr, diese schlotterige, schleichende Vogelscheuche war kein Polizist und meine Diagnose ein Fehlschluß. Aber wenn kein Polizist, was dann? Wozu dieses ewige Kommen und Gehen und Wiederkommen, dieser von unten her geschleuderte, hastig spähende, suchende, kreisende Blick? Eine Art Zorn packte mich, daß ich diesen Menschen nicht durchschauen konnte, und am liebsten hätte ich ihn an der Schulter gefaßt: Kerl, was willst du? Kerl, was treibst du hier?

Aber mit einemmal, wie eine Zündung schlug es die Nerven entlang, ich zuckte auf, so kernschußhaft* fuhr die Sicherheit in mich hinein — auf einmal wußte ich alles und nun ganz bestimmt, nun endgültig und unwiderleglich. Nein, das war kein Detektiv — wie hatte ich mich so narren lassen können? — das war, wenn man so sagen darf, das Gegenteil eines Polizisten: es war ein Taschendieb, ein echter und rechter, ein geschulter, professioneller, veritabler Taschendieb, der hier auf dem Boulevard nach Brieftaschen, Uhren, Damentaschen und anderen Beutestücken krebsen ging. Diese seine Handwerkszugehörigkeit stellte ich zuerst fest, als ich merkte, daß er gerade dort dem Gedränge zutrieb, wo es am dicksten war, und nun verstand ich auch seine scheinbare Tolpatschigkeit, sein Anrennen und Anstoßen an fremde

Menschen. Immer klarer, immer eindeutiger wurde mir die Situation. Denn daß er sich gerade diesen Posten vor dem Kaffeehaus und ganz nahe der Straßenkreuzung ausgesucht, hatte seinen Grund in dem Einfall eines klugen Ladenbesitzers, der sich für sein Schaufenster einen besonderen Trick ausgesonnen hatte. Die Ware dieses Geschäftes bestand an sich zwar bloß aus ziemlich uninteressanten und wenig verlockenden Gegenständen, aus Kokosnüssen, türkischen Zuckerwaren und verschiedenen bunten Karamels, aber der Besitzer hatte die glänzende Idee gehabt, die Schaufenster nicht nur mit falschen Palmen und tropischen Prospekten orientalisch auszustaffieren, sondern mitten in dieser südlichen Pracht ließ er — vortrefflicher Einfall — drei lebendige Äffchen sich herumtreiben, die in den possierlichsten Verrenkungen hinter der Glasscheibe voltigierten, die Zähne fletschten, einander Flöhe suchten, grinsten und spektakelten und sich nach echter Affenart ungeniert und unanständig benahmen. Der kluge Verkäufer hatte richtig gerechnet, denn in dicken Trauben blieben die Vorübergehenden vor diesem Fenster kleben, insbesondere die Frauen schienen nach ihren Ausrufen und Schreien an diesem Schauspiel unermeßliches Ergötzen zu haben. Jedesmal nun, wenn sich ein gehöriges Bündel neugieriger Passanten vor diesem Schaufenster besonders dicht zusammenschob, war mein Freund schnell und schleicherisch zur Stelle. Sanft und in falsch bescheidener Art drängte er sich mitten hinein unter die Drängenden; so viel aber wußte ich immerhin schon von dieser bisher nur wenig erforschten und meines Wissens nie recht beschriebenen Kunst des Straßendiebstahls, daß Taschendiebe zum guten Griff* ein gutes Gedränge ebenso notwendig brauchen wie die Heringe zum Laichen, denn nur im Gepreßt- und

Geschobensein spürt das Opfer nicht die gefährliche Hand, indes sie die Brieftasche oder die Uhr mardert.* Außerdem aber — das lernte ich erst jetzt zu — gehört offenbar zum rechten Coup etwas Ablenkendes, etwas, das die unbewußte Wachsamkeit, mit der jeder Mensch sein Eigentum schützt, für eine kurze Pause chloroformiert. Diese Ablenkung besorgten in diesem Falle die drei Affen mit ihrem possierlichen und wirklich amüsanten Gebaren auf unüberbietbare* Art. Eigentlich waren sie, die feixenden, grinsenden, nackten Männchen, ahnungsloserweise die ständig tätigen Hehler und Komplicen* dieses meines neuen Freundes, des Taschendiebes.

Ich war, man verzeihe es mir, von dieser meiner Entdeckung geradezu begeistert. Denn noch nie in meinem Leben hatte ich einen Taschendieb gesehen. Oder vielmehr, um ganz ehrlich zu bleiben, einmal in meiner Londoner Studentenzeit, als ich, um mein Englisch zu verbessern, öfters in Gerichtsverhandlungen des Zuhörens halber ging, kam ich zurecht, wie man einen rothaarigen, pickligen Burschen zwischen zwei Policemen vor den Richter führte. Auf dem Tisch lag eine Geldbörse, Corpus delicti,* ein paar Zeugen redeten und schworen, dann murmelte der Richter einen englischen Brei* und der rothaarige Bursche verschwand — wenn ich recht verstand, für sechs Monate. Das war der erste Taschendieb, den ich sah, aber — dies der Unterschied — ich hatte dabei keineswegs feststellen können, daß dies wirklich ein Taschendieb sei. Denn nur die Zeugen behaupteten seine Schuld, ich hatte eigentlich nur der juristischen Rekonstruktion der Tat beigewohnt, nicht der Tat selbst. Ich hatte bloß einen Angeklagten, einen Verurteilten gesehen und nicht wirklich den Dieb. Denn ein Dieb ist doch Dieb nur eigentlich in dem Augenblick, da er diebt, und nicht zwei Monate später, da er für seine Tat vor dem Richter steht, so wie der Dichter wesenhaft nur Dichter ist, während er schafft, und nicht etwa, wenn er ein paar Jahre hernach am Mikrophon sein Gedicht vorliest; wirklich und wahrhaft ist der Täter einzig nur im Augenblick seiner Tat. Jetzt aber war mir Gelegenheit dieser seltensten Art gegeben, ich sollte einen Taschendieb in seinem charakteristischesten Augenblick erspähen, in der innersten Wahrheit seines Wesens, in jener knappen Sekunde, die sich so selten belauschen läßt wie Zeugung und Geburt. Und schon der Gedanke dieser Möglichkeit erregte mich.

Selbstverständlich war ich entschlossen, eine so gloriose Gelegenheit nicht zu verpassen, nicht eine Einzelheit der Vorbereitung und der eigentlichen Tat zu versäumen. Ich gab sofort meinen Sessel am Kaffeehaustisch preis, hier fühlte ich mich zu sehr im Blickfeld behindert. Ich brauchte jetzt einen übersichtlichen, einen sozusagen ambulanten* Posten, von dem ich ungehemmt zuspähen konnte, und wählte nach einigen Proben einen Kiosk,* auf dem Plakate aller Theater von Paris buntfarbig klebten. Dort konnte ich unauffällig in die Ankündigungen vertieft scheinen, während ich in Wahrheit hinter dem Schutz der gerundeten Säule jede seiner Bewegungen auf das genaueste verfolgte. Und so sah ich mit einer mir heute kaum mehr begreiflichen Zähigkeit zu, wie dieser arme Teufel hier seinem schweren und gefährlichen Geschäft nachging, sah ihm gespannter zu, als ich mich entsinnen kann, je im Theater oder bei einem Film einem Künstler gefolgt zu sein. Denn in ihrem konzentriertesten Augenblick übertrifft und übersteigert die Wirklichkeit jede Kunstform. Vive la réalité!

Diese ganze Stunde von elf bis zwölf Uhr vormittags

mitten auf dem Boulevard von Paris verging mir demnach auch wirklich wie ein Augenblick, obwohl — oder vielmehr weil — sie derart erfüllt war von unablässigen Spannungen, von unzähligen kleinen aufregenden Entscheidungen und Zwischenfällen; ich könnte sie stundenlang schildern, diese eine Stunde, so geladen war sie mit Nervenenergie, so aufreizend durch ihre Spielgefährlichkeit.* Denn bis zu diesem Tage hatte ich niemals und nie auch nur in annähernder Weise geahnt, ein wie ungemein schweres und kaum erlernbares Handwerk — nein, was für eine furchtbare und grauenhaft anspannende Kunst der Taschendiebstahl auf offener Straße und bei hellem Tageslicht ist. Bisher hatte ich mit der Vorstellung: ,Taschendieb' nichts verbunden als einen undeutlichen Begriff von großer Frechheit und Handfertigkeit, ich hatte dies Metier* tatsächlich nur für eine Angelegenheit der Finger gehalten, ähnlich der Jongliertüchtigkeit oder der Taschenspielerei. Dickens hat einmal im ,Oliver Twist' geschildert, wie dort ein Diebmeister die kleinen Jungen anlernt, ganz unmerkbar ein Taschentuch aus einem Rock zu stehlen. Oben an dem Rock ist ein Glöckchen befestigt, und wenn, während der Neuling das Tuch aus der Tasche zieht, dieses Glöckchen klingelt, dann war der Griff falsch und zu plump getan. Aber Dickens, das merke ich jetzt, hatte nur auf das Grobtechnische* der Sache geachtet, auf die Fingerkunst,* wahrscheinlich hatte er einen Taschendiebstahl niemals am lebendigen Objekt beobachtet — er hatte wahrscheinlich nie Gelegenheit gehabt, zu bemerken (wie es mir jetzt durch einen glückhaften Zufall gegeben war), daß bei einem Taschendieb, der am hellichten Tage arbeitet, nicht nur eine wendige Hand im Spiele sein muß, sondern auch geistige Kräfte der Bereitschaft, der Selbstbeherrschung, eine sehr geübte, gleichzeitig kalte und blitzgeschwinde Psychologie und vor allem ein unsinniger, ein geradezu rasender Mut. Denn ein Taschendieb, dies begriff ich jetzt schon nach sechzig Minuten Lehrzeit, muß die entscheidende Raschheit eines Chirurgen besitzen, der — jede Verzögerung um eine Sekunde ist tödlich — eine Herznaht vornimmt; aber dort, bei einer solchen Operation, liegt der Patient wenigstens schön chloroformiert,* er kann sich nicht rühren, er kann sich nicht wehren, indes hier der leichte jähe Zugriff* an den völlig wachen Leib eines Menschen fahren muß — und gerade in der Nähe ihrer Brieftasche sind die Menschen besonders empfindlich. Während der Taschendieb aber seinen Griff ansetzt, während seine Hand unten blitzhaft vorstößt, in eben diesem angespanntesten, aufregendsten Moment der Tat muß er überdies noch gleichzeitig in seinem Gesicht alle Muskeln und Nerven völlig beherrschen, er muß gleichgültig, beinahe gelangweilt tun. Er darf seine Erregung nicht verraten, darf nicht, wie der Gewalttäter, der Mörder, während er mit dem Messer zustößt, den Grimm seines Stoßes in der Pupille spiegeln — er muß, der Taschendieb, während seine Hand schon vorfährt, seinem Opfer klare, freundliche Augen hinhalten und demütig beim Zusammenprall sein „Pardon, Monsieur" mit unauffälligster Stimme sagen. Aber noch nicht genug an dem, daß er im Augenblick der Tat klug und wach und geschickt sein muß — schon *ehe* er zugreift, muß er seine Intelligenz, seine Menschenkenntnis bewähren, er muß als Psychologe, als Physiologe seine Opfer auf die Tauglichkeit prüfen. Denn nur die Unaufmerksamen, die Nichtmißtrauischen sind überhaupt in Rechnung zu stellen und unter diesen abermals bloß jene, die den Oberrock nicht zugeknöpft tragen, die nicht zu rasch gehen, die man also unauffällig anschleichen kann; von hundert, von fünfhundert Menschen auf der Straße, ich habe es in jener Stunde nachgezählt, kommen kaum mehr als einer oder zwei ins Schußfeld. Nur bei ganz wenigen Opfern wird sich ein vernünftiger Taschendieb überhaupt an die Arbeit wagen und bei diesen wenigen mißlingt der Zugriff infolge der unzähligen Zufälle, die zusammenwirken müssen, meist noch in letzter Minute. Eine riesige Summe von Menschenerfahrung,* von Wachsamkeit und Selbstbeherrschung ist (ich kann es bezeugen) für dieses Handwerk vonnöten, denn auch dies ist zu bedenken, daß der Dieb, während er bei seiner Arbeit mit angespannten Sinnen seine Opfer wählen und beschleichen muß, gleichzeitig mit einem anderen Sinn seiner krampfhaft angestrengten Sinne darauf zu achten hat, daß er nicht zugleich bei seiner Arbeit beobachtet werde. Ob nicht ein Polizist oder ein Detektiv um die Ecke schielt oder einer der ekelhaft vielen Neugierigen, die ständig die Straße bevölkern; all dies muß er stets im Auge behalten, und ob nicht eine in der Hast übersehene Auslage seine Hand spiegelt und ihn entlarvt, ob nicht von innen aus einem Geschäft oder aus einem Fenster jemand sein Treiben überwacht. Ungeheuer ist also die Anstrengung und kaum in vernünftiger Proportion zur Gefahr, denn ein Fehlgriff, ein Irrtum kann drei Jahre, vier Jahre Pariser Boulevard kosten, ein kleines Zittern der Finger, ein vorschneller nervöser Griff die Freiheit. Taschendiebstahl am hellichten Tage auf einem Boulevard, ich weiß es jetzt, ist eine Mutleistung höchsten Ranges, und ich empfinde es seitdem als gewisse Ungerechtigkeit, wenn die Zeitungen diese Art Diebe gleichsam als die Belanglosen unter den Übeltätern in einer kleinen Rubrik mit drei Zeilen abtun. Denn von allen Handwerken, den erlaubten

und unerlaubten unserer Welt, ist dies eines der schwersten, der gefährlichsten: eines, das in seinen Höchstleistungen beinahe Anspruch hat, sich Kunst zu nennen.*
Ich darf dies aussprechen, ich kann es bezeugen, denn ich habe es einmal, an jenem Apriltage, erlebt und mitgelebt. *

Mitgelebt: ich übertreibe nicht, wenn ich dies sage, denn nur anfangs, nur in den ersten Minuten gelang es mir, rein sachlich kühl diesen Mann bei seinem Handwerk zu beobachten; aber jedes leidenschaftliche Zuschauen erregt unwiderstehlich Gefühl, Gefühl wiederum verbindet und so begann ich mich allmählich, ohne daß ich es wußte und wollte, mit diesem Dieb zu identifizieren, gewissermaßen in seine Haut, in seine Hände zu fahren, ich war aus dem bloßen Zuschauer seelisch sein Komplice geworden. Dieser Umschaltungsprozeß begann damit, daß ich nach einer Viertelstunde Zuschauens zu meiner eigenen Überraschung bereits alle Passanten auf Diebstauglichkeit* oder -untauglichkeit abmusterte. Ob sie den Rock zugeknöpft trugen oder offen, ob sie zerstreut blickten oder wach, ob sie eine beleibte Brieftasche erhoffen ließen, kurzum, ob sie arbeitswürdig* für meinen neuen Freund waren oder nicht. Bald mußte ich mir sogar eingestehen, daß ich längst nicht mehr neutral war in diesem beginnenden Kampfe, sondern innerlich unbedingt wünschte, ihm möge endlich ein Griff gelingen, ja ich mußte sogar den Drang, ihm bei seiner Arbeit zu helfen, beinahe mit Gewalt niederhalten. Denn so wie der Kiebitz* heftig versucht ist, mit einem leichten Ellbogenstoß den Spieler zur richtigen Karte zu mahnen, so juckte es mich geradezu, wenn mein Freund eine günstige Gelegenheit übersah, ihm zuzublinzeln: den dort geh an! Den dort, den Dicken, der den großen Blumenstrauß im

Arm trägt. Oder als einmal, da mein Freund wieder einmal im Geschiebe untergetaucht war, unvermutet um die Ecke ein Polizist segelte, schien es mir meine Pflicht, ihn zu warnen, denn der Schreck fuhr mir so sehr ins Knie, als sollte ich selber gefaßt werden, ich spürte schon die schwere Pfote des Polizisten auf seiner, auf meiner Schulter. Aber — Befreiung! Da schlüpfte schon das dünne Männchen wieder herrlich schlicht und unschuldig aus dem Gedränge heraus und an der gefährlichen Amtsperson vorbei. All das war spannend, aber mir noch nicht genug, denn je mehr ich mich in diesen Menschen einlebte, je besser ich aus nun schon zwanzig vergeblichen Annäherungsversuchen sein Handwerk zu verstehen begann, desto ungeduldiger wurde ich, daß er noch immer nicht zugriff, sondern immer nur tastete und versuchte. Ich begann mich über sein tölpisches Zögern und ewiges Zurückweichen ganz redlich zu ärgern. Zum Teufel, faß doch endlich einmal straff zu, Hasenfuß! Hab doch mehr Mut! Den dort nimm, den dort! Aber nur endlich einmal los!

Glücklicherweise ließ sich mein Freund, der von meiner unerwünschten Anteilnahme nichts wußte und ahnte, keineswegs durch meine Ungeduld beirren. Denn dies ist ja allemal der Unterschied zwischen dem wahren, bewährten Künstler und dem Neuling, dem Amateur, dem Dilettanten, daß der Künstler aus vielen Erfahrungen um das notwendig Vergebliche weiß, das vor jedes wahrhafte Gelingen schicksalhaft gesetzt ist, daß er geübt ist im Warten und Sichgedulden auf die letzte, die entscheidende Möglichkeit. Genau wie der dichterisch Schaffende an tausend scheinbar lockenden und ergiebigen Einfällen gleichgültig vorübergeht (nur der Dilettant faßt gleich mit verwegener Hand zu), um alle Kraft für den letzten Einsatz zu sparen, so ging auch dieses kleine, miekrige* Männchen an hundert einzelnen Chancen vorbei, die ich, der Dilettant, der Amateur in diesem Handwerk, schon als erfolgversprechend ansah. Er probte und tastete und versuchte, er drängte sich heran und hatte sicher gewiß schon hundertmal die Hand an fremden Taschen und Mänteln. Aber er griff niemals zu, sondern, unermüdlich in seiner Geduld, pendelte er mit der gleichen gut gespielten Unauffälligkeit immer wieder die dreißig Schritte zur Auslage hin und zurück, immer dabei mit einem wachen, schrägen Blick alle Möglichkeiten ausmessend und mit irgendwelchen mir, dem Anfänger, gar nicht wahrnehmbaren Gefahren vergleichend. In dieser ruhigen, unerhörten Beharrlichkeit war etwas, das mich trotz aller Ungeduld begeisterte und mir Bürgschaft bot für ein letztes Gelingen, denn gerade seine zähe Energie verriet, daß er nicht ablassen würde, ehe er nicht den siegreichen Griff getan. Und ebenso ehern war ich entschlossen,* nicht früher wegzugehen, ehe ich seinen Sieg gesehen, und müßte ich warten bis Mitternacht.

So war es Mittag geworden, die Stunde der großen Flut, da plötzlich alle die kleinen Gassen und Gäßchen, die Treppen und Höfe viele kleine einzelne Wildbäche von Menschen in das breite Strombett des Boulevards schwemmen. Aus den Ateliers,* den Werkstuben, den Bureaux, den Schulen, den Ämtern stürzen mit einem Stoß die Arbeiter und Nähmädchen und Verkäufer der unzähligen im zweiten, im dritten, im vierten Stock zusammengepreßten Werkstätten ins Freie; wie ein dunkler, zerflatternder Dampf quillt dann die gelöste Menge auf die Straße, Arbeiter in weißen Blusen oder Werkmänteln, die Midinettes zu zweien und dreien sich im Schwatzen unterfassend, Veilchensträußchen ans Kleid gespendet,* die kleinen Beamten mit ihren glänzenden Bratenröcken und der obligaten Ledermappe unter dem Arm, die Packträger, die Soldaten in bleu d'horizon, alle die unzähligen, undefinierbaren Gestalten der unsichtbaren und unterirdischen Großstadtgeschäftigkeit. All das hat lange und allzulange in stickigen Zimmern gesessen, jetzt reckt es die Beine, läuft und schwirrt durcheinander, schnappt nach Luft, bläst sie mit Zigarrenrauch voll, drängt heraus-herein, eine Stunde lang bekommt die Straße von ihrer gleichzeitigen Gegenwart einen starken Schuß freudiger Lebendigkeit. Denn eine Stunde nur, dann müssen sie wieder hinauf hinter die verschlossenen Fenster, drechseln oder nähen, an Schreibmaschinen hämmern und Zahlenkolonnen addieren oder drucken oder schneidern und schustern. Das wissen die Muskeln, die Sehnen im Leib, darum spannen sie sich so froh und stark, und das weiß die Seele, darum genießt sie so heiter und voll die knapp bemessene Stunde;* neugierig tastet und greift sie nach Helle und Heiterkeit, alles ist ihr willkommen für einen rechten Witz und eiligen Spaß. Kein Wunder, daß vor allem die Affenauslage von diesem Wunsch nach kostenloser Unterhaltung kräftig profitierte. Massenhaft scharten sich die Menschen um die verheißungsvolle Glasscheibe, voran die Midinettes, man hörte ihr Zwitschern wie aus einem zänkischen Vogelkäfig, spitz und scharf, und an sie drängten sich mit salzigen Witzen und festem Zugriff Arbeiter und Flaneure, und je dicker und dichter die Zuschauerschaft sich zum festen Klumpen ballte, desto munterer und geschwinder schwamm und tauchte mein kleiner Goldfisch im kanariengelben Überzieher bald da, bald dort durch das Geschiebe. Jetzt hielt es mich nicht länger auf meinem passiven Beobachtungsposten* — jetzt galt es, ihm scharf und von nah auf die Finger zu blicken, um den eigentlichen Herzgriff* des Handwerks kennenzulernen. Dies aber gab harte Mühe, denn dieser geübte Windhund* hatte eine besondere Technik, sich glitschig zu machen und sich wie ein Aal durch die kleinsten Lücken eines Gedränges durchzuschlängeln — so sah ich ihn jetzt plötzlich, während er noch eben neben mir ruhig abwartend gestanden hatte, magisch verschwinden und im selben Augenblick schon ganz vorn an der Fensterscheibe. Mit einem Stoß mußte er sich durchgeschoben haben durch drei oder vier Reihen.

Selbstverständlich drängte ich ihm nach, denn ich befürchtete, er könnte, ehe ich meinerseits bis vorne ans Schaufenster gelangt sei, bereits wieder nach rechts oder links auf die ihm eigentümliche taucherische* Art verschwunden sein. Aber nein, er wartete dort ganz still, merkwürdig still. Aufgepaßt! das muß einen Sinn haben, sagte ich mir sofort und musterte seine Nachbarn. Neben ihm stand eine ungewöhnlich dicke Frau, eine sichtlich arme Person. An der rechten Hand hielt sie zärtlich ein etwa elfjähriges blasses Mädchen, am linken Arm trug sie eine offene Einkaufstasche aus billigem Leder, aus der zwei der langen französischen Weißbrotstangen unbekümmert heraußtießen; ganz offensichtlich war in dieser Tragtasche das Mittagessen für den Mann verstaut. Diese brave Frau aus dem Volk — kein Hut, ein greller Schal, ein kariertes selbstgeschneidertes Kleid aus grobem Kattun — war von dem Affenschauspiel in kaum zu beschreibender Weise entzückt, ihr ganzer breiter, etwas schwammiger Körper schüttelte sich dermaßen vor Lachen, daß die weißen Brote hin und her schwankten, sie schmetterte so kollernde, juchzende Stöße von Lachen aus sich heraus, daß sie bald den andern ebensoviel Spaß bereitete wie die Äffchen. Mit der naiven Urlust einer elementaren Natur, mit der herrlichen Dankbarkeit all jener, denen im Leben wenig geboten ist, genoß sie das seltene Schauspiel: ach, nur die Armen können so wahrhaft dankbar sein, nur sie, denen es höchster Genuß des Genusses ist, wenn er nichts kostet und gleichsam vom Himmel geschenkt wird. Immer beugte sich die Gutmütige zwischendurch zu dem Kind herab, ob es nur recht genau sehe und ihm keine der Possierlichkeiten entgehe. „Rrregarrde doonc, Maarguerïete", munterte sie in ihrem breiten, meridionalen* Akzent das blasse Mädchen immer wieder auf, das unter so viel fremden Menschen zu scheu war, sich laut zu freuen. Herrlich war diese Frau, diese Mutter anzusehen, eine wahre Gäatochter,* Urstamm der Erde, gesunde, blühende Frucht des französischen Volkes, und man hätte sie umarmen können, diese Treffliche, für ihre schmetternde, heitere, sorglose Freude. Aber plötzlich wurde mir etwas unheimlich. Denn ich merkte, wie der Ärmel des kanariengelben Überziehers immer näher an die Einkaufstasche heranpendelte, die sorglos offen stand (nur die Armen sind sorglos).

Um Gottes willen! Du willst doch nicht dieser armen, braven, dieser unsagbar gutmütigen und lustigen Frau die schmale Börse aus dem Einkaufskorb klauen? Mit einemmal revoltierte etwas in mir. Bisher hatte ich diesen Taschendieb mit Sportfreude* beobachtet, ich hatte, aus seinem Leib, aus seiner Seele heraus denkend und mitfühlend, gehofft, ja gewünscht, es möge ihm endlich für einen so ungeheuren Einsatz an Mühe, Mut und Gefahr ein kleiner Coup gelingen. Aber jetzt, da ich zum ersten-

mal nicht nur den Versuch des Stehlens, sondern auch den
Menschen leibhaftig sah, der bestohlen werden sollte,
diese rührend naive, diese selig ahnungslose Frau, die
wahrscheinlich für ein paar Sous stundenlang Stuben
scheuerte und Stiegen schrubbte, da kam mich Zorn an.
Kerl, schieb weg! hätte ich ihm am liebsten zugeschrien,
such dir jemand anderen als diese arme Frau! Und schon
drängte ich mich scharf vor und an die Frau heran, um
den gefährdeten Einkaufskorb zu schützen. Aber gerade
während meiner vorstoßenden Bewegung wandte sich
der Bursche um und drängte glatt an mir vorbei. „Pardon, Monsieur", entschuldigte sich beim Anstreifen eine
sehr dünne und demütige Stimme (zum erstenmal hörte
ich sie), und schon schlüpfte das gelbe Mäntelchen aus
dem Gedränge. Sofort, ich weiß nicht warum, hatte ich
das Gefühl: er hat bereits zugegriffen. Nur ihn jetzt nicht
aus den Augen lassen! Brutal — ein Herr fluchte hinter
mir, ich hatte ihn hart auf den Fuß getreten — drückte
ich mich aus dem Quirl* und kam gerade noch zurecht,
um zu sehen, wie das kanariengelbe Mäntelchen bereits
um die Ecke des Boulevards in eine Seitengasse wehte.
Ihm nach jetzt, ihm nach! Festbleiben an seinen Fersen!
Aber ich mußte scharfe Schritte einschalten, denn — ich
traute zuerst kaum meinen Augen —: dieses Männchen,
das ich eine Stunde lang beobachtet hatte, war mit einemmal verwandelt. Während es vordem scheu und beinahe
beduselt zu torkeln schien, flitzte es jetzt leicht wie ein
Wiesel die Wand entlang mit dem typischen Angstschritt
eines mageren Kanzlisten,* der den Omnibus versäumt
hat und sich eilt, ins Bureau zurecht zu kommen. Nun
bestand kein Zweifel mehr für mich. Das war die Gangart
nach der Tat, die Diebsgangart Nummer zwei, um
möglichst schnell und unauffällig dem Tatort zu

entflüchten. Nein, es bestand kein Zweifel: der Schuft hatte dieser hundearmen* Person die Geldbörse aus der Einkaufstasche geklaut.

In erster Wut hätte ich beinahe Alarmsignal gegeben: ‚Au voleur!' Aber dann fehlte mir der Mut. Denn immerhin, ich hatte den faktischen Diebstahl nicht beobachtet, ich konnte ihn nicht voreilig beschuldigen. Und dann — es gehört ein gewisser Mut dazu, einen Menschen anzupacken und in Vertretung Gottes Justiz zu spielen: diesen Mut habe ich nie gehabt, einen Menschen anzuklagen und anzugeben. Denn ich weiß genau, wie gebrechlich alle Gerechtigkeit ist und welche Überheblichkeit es ist, von einem problematischen Einzelfall das Recht ableiten zu wollen in unserer verworrenen Welt. Aber während ich noch mitten im scharfen Nacheilen überlegte, was ich tun solle, wartete meiner eine neue Überraschung, denn kaum zwei Straßen weiter schaltete plötzlich dieser erstaunliche Mensch eine dritte Gangart ein. Er stoppte mit einemmal den scharfen Lauf, er duckte und drückte sich nicht mehr zusammen, sondern ging plötzlich ganz still und gemächlich, er promenierte gleichsam privat. Offenbar wußte er die Zone der Gefahr überschritten, niemand verfolgte ihn, also konnte niemand mehr ihn überweisen. Ich begriff, nun wollte er nach der ungeheuren Spannung locker atmen, er war gewissermaßen Taschendieb außer Dienst, Rentner* seines Berufes, einer von den vielen Tausenden Menschen in Paris, die still und gemächlich mit einer frisch angezündeten Zigarette über das Pflaster gehen; mit einer unerschütterlichen Unschuld schlenderte das dünne Männchen ganz ausgeruhten, bequemen, lässigen Ganges über die Chaussée d'Antin* dahin, und zum erstenmal hatte ich das Gefühl, es mustere sogar die vorübergehenden Frauen und Mädchen auf ihre Hübschheit oder Zugänglichkeit.

Nun, und wohin jetzt, Mann der ewigen Überraschungen? Siehe da: in den kleinen, von jungem, knospendem Grün umbuschten Square vor der Trinité? Wozu? Ach, ich verstehe! Du willst dich ein paar Minuten ausruhen auf einer Bank, und wie auch nicht? Dieses unablässige Hin- und Herjagen muß dich gründlich müde gemacht haben. Aber nein, der Mann der unablässigen Überraschungen setzte sich nicht hin auf eine der Bänke, sondern steuerte zielbewußt — ich bitte jetzt um Verzeihung! — auf ein kleines, für allerprivateste Zwecke öffentlich bestimmtes Häuschen zu, dessen breite Tür er sorgfältig hinter sich schloß.

Im ersten Augenblick mußte ich blank herauslachen:* endet Künstlertum an solch allmenschlicher* Stelle? Oder ist dir der Schreck so arg in die Eingeweide gefahren? Aber wieder sah ich, daß die ewig possentreibende Wirklichkeit immer die amüsanteste Arabeske* findet, weil sie mutiger ist als der erfindende Schriftsteller. Sie wagt unbedenklich, das Außerordentliche neben das Lächerliche zu setzen und boshafterweise das unvermeidbar Menschliche neben das Erstaunliche. Während ich — was blieb mir übrig? — auf einer Bank auf sein Wiederkommen aus dem grauen Häuschen wartete, wurde mir klar, daß dieser erfahrene und gelernte Meister seines Handwerks hierin nur mit der selbstverständlichen Logik seines Metiers handelte, wenn er vier sichere Wände um sich stellte, um seinen Verdienst abzuzählen, denn auch dies (ich hatte es vorhin nicht bedacht) gehörte zu den von uns Laien gar nicht erwägbaren Schwierigkeiten für einen berufsmäßigen Dieb, daß er rechtzeitig daran denken muß, sich der Beweisstücke seiner Beute völlig unkontrollierbar* zu entledigen. Und nichts ist ja in einer so ewig wachen, mit Millionen Augen spähenden Stadt schwerer zu finden als vier schützende Wände, hinter denen man sich völlig verbergen kann; auch wer nur selten Gerichtsverhandlungen liest, erstaunt jedesmal, wie viele Zeugen bei dem nichtigsten Vorfall, bewaffnet mit einem teuflisch genauen Gedächtnis, prompt zur Stelle sind. Zerreiße auf der Straße einen Brief und wirf ihn in die Gosse: Dutzende schauen dir dabei zu, ohne daß du es ahnst, und fünf Minuten später wird irgendein müßiger Junge sich vielleicht den Spaß machen, die Fetzen wieder zusammenzusetzen. Mustere deine Brieftasche in einem Hausflur: morgen, wenn irgendeine in dieser Stadt als gestohlen gemeldet ist, wird eine Frau, die du gar nicht gesehen hast, zur Polizei laufen und eine so komplette Personsbeschreibung von dir geben wie ein Balzac.* Kehr ein in ein Gasthaus, und der Kellner, den du gar nicht beachtest, merkt sich deine Kleidung, deine Schuhe, deinen Hut, deine Haarfarbe und die runde oder flache Form deiner Fingernägel. Hinter jedem Fenster, jeder Auslagenscheibe, jeder Gardine, jedem Blumentopf blicken dir ein paar Augen nach, und wenn du hundertmal selig meinst, unbeobachtet und allein durch die Straßen zu streifen, überall sind unberufene Zeugen zur Stelle, ein tausendmaschiges, täglich erneuertes Netz von Neugier umspannt unsere ganze Existenz. Vortrefflicher Gedanke darum, du gelernter Künstler, für fünf Sous dir vier undurchsichtige Wände für ein paar Minuten zu kaufen. Niemand kann dich bespähen, während du die gepaschte* Geldbörse ausweidest und die anklägerische Hülle verschwinden läßt, und sogar ich, dein Doppelgänger und Mitgänger, der hier gleichzeitig erheitert und enttäuscht wartet, wird dir nicht nachrechnen können, wieviel du erbeutet hast.

So dachte ich zumindest, aber abermals kam es anders. Denn kaum daß er mit seinen dünnen Fingern die Eisentür aufgeklinkt hatte, wußte ich schon um sein Mißgeschick, als hätte ich innen das Portemonnaie mitgezählt: erbärmlich magere Beute! An der Art, wie er die Füße enttäuscht vorschob, ein müder, ausgeschöpfter Mensch, schlaff und dumpf die Augenlider über dem gesenkten Blick, erkannte ich sofort: Pechvogel, du hast umsonst gerobotet* den ganzen langen Vormittag. In jener geraubten Geldtasche war zweifellos (ich hätte es dir voraussagen können) nichts Rechtes gewesen, im besten Falle zwei oder drei zerknitterte Zehnfrancsscheine — viel, viel zu wenig für diesen ungeheuren Einsatz* an handwerklicher Leistung und halsbrecherischer Gefahr — viel nur leider für die unselige Aufwartefrau, die jetzt wahrscheinlich weinend in Belleville* schon zum siebentenmal den herbeigeeilten Nachbarsfrauen von ihrem Mißgeschick erzählte, auf die elende Diebskanaille* schimpfte und immer wieder mit zitternden Händen die ausgeraubte Einkaufstasche verzweifelt vorzeigte. Aber für den gleichfalls armen Dieb, das merkte ich mit einem Blick, war der Fang eine Niete, und nach wenigen Minuten sah ich meine Vermutung bereits bestätigt. Denn dieses Häufchen Elend,* zu dem er jetzt, körperlich wie seelisch ermüdet, zusammengeschmolzen war, blieb vor einem kleinen Schuhgeschäft sehnsüchtig stehen und musterte lange die billigsten Schuhe in der Auslage. Schuhe, neue Schuhe, die brauchte er doch wirklich statt der zerlöcherten Fetzen an seinen Füßen, er brauchte sie notwendiger als die hunderttausend anderen, die heute mit guten, ganzen Sohlen oder leisem Gummidruck über das Pflaster von

Paris flanierten, er benötigte sie doch geradezu für sein
trübes Handwerk. Aber der hungrige und zugleich vergebliche Blick verriet deutlich: zu einem solchen Paar,
wie es da, blankgewichst und mit vierundfünfzig Francs
angezeichnet,* in der Auslage stand, hatte jener Griff
nicht gereicht: mit bleiernen Schultern bog er sich weg
von dem spiegelnden Glas und ging weiter.

Weiter, wohin? Wieder auf solch halsbrecherische
Jagd? Noch einmal die Freiheit wagen für eine so erbärmliche, unzulängliche Beute? Nein, du Armer, ruh
wenigstens ein bißchen aus. Und wirklich, als hätte er
meinen Wunsch magnetisch gefühlt, bog er jetzt ein in
eine Seitengasse und blieb endlich stehen vor einem billigen Speisehaus. Für mich war es selbstverständlich, ihm
nachzufolgen. Denn alles wollte ich von diesem Menschen
wissen, mit dem ich jetzt seit zwei Stunden mit pochenden
Adern, mit bebender Spannung lebte. Zur Vorsicht kaufte
ich mir rasch noch eine Zeitung, um mich besser hinter
ihr verschanzen zu können, dann trat ich, den Hut mit
Absicht tief in die Stirn gedrückt, in die Gaststube ein und
setzte mich einen Tisch hinter ihn. Aber unnötige Vorsicht — dieser arme Mensch hatte zur Neugier keine Kraft
mehr. Ausgeleert und matt starrte er mit einem stumpfen
Blick auf das weiße Gedeck, und erst als der Kellner das
Brot brachte, wachten seine mageren, knochigen Hände
auf und griffen gierig zu. An der Hast, mit der er zu kauen
begann, erkannte ich erschüttert alles: dieser arme Mensch
hatte Hunger, richtigen, ehrlichen Hunger, einen Hunger
seit frühmorgens und vielleicht seit gestern schon, und
mein plötzliches Mitleid für ihn wurde ganz brennend, als
ihm der Kellner das bestellte Getränk brachte: eine
Flasche Milch. Ein Dieb, der Milch trinkt! Immer sind es
ja einzelne Kleinigkeiten, die wie ein aufflammendes

Zündholz mit einem Blitz die ganze Tiefe eines Seelenraumes erhellen, und in diesem einen Augenblick, da ich ihn, den Taschendieb, das unschuldigste, das kindlichste aller Getränke, da ich ihn weiße, sanfte Milch trinken sah, hörte er sofort für mich auf, Dieb zu sein. Er war nur mehr einer von den unzähligen Armen und Gejagten und Kranken und Jämmerlichen dieser schief gezimmerten Welt,* mit einmal fühlte ich mich in einer viel tieferen Schicht als jener der Neugierde ihm verbunden. In allen Formen der gemeinsamen Irdischkeit,* in der Nacktheit, im Frost, im Schlaf, in der Ermüdung, in jeder Not des leidenden Leibes fällt zwischen Menschen das Trennende ab, die künstlichen Kategorien verlöschen,* welche die Menschheit in Gerechte und Ungerechte, in Ehrenwerte und Verbrecher teilen, nichts bleibt übrig als das arme ewige Tier, die irdische Kreatur, die Hunger hat, Durst, Schlafbedürfnis und Müdigkeit wie du und ich und alle. Ich sah ihm zu wie gebannt, während er mit vorsichtigen kleinen und doch gierigen Schlucken die dicke Milch trank und schließlich noch die Brotkrumen zusammenscharrte, und gleichzeitig schämte ich mich dieses meines Zuschauens, ich schämte mich, jetzt schon zwei Stunden diesen unglücklichen gejagten Menschen wie ein Rennpferd für meine Neugier seinen dunklen Weg laufen zu lassen, ohne den Versuch, ihn zu halten oder ihm zu helfen. Ein unermeßliches Verlangen ergriff mich, auf ihn zuzutreten, mit ihm zu sprechen, ihm etwas anzubieten. Aber wie dies beginnen? Wie ihn ansprechen? Ich forschte und suchte bis aufs schmerzhafteste nach einer Ausrede, nach einem Vorwand, und fand ihn doch nicht. Denn so sind wir! Taktvoll bis zur Erbärmlichkeit, wo es ein Entscheidendes gilt, kühn im Vorsatz und doch jämmerlich mutlos, die dünne Luftschicht zu durchstoßen, die einen

von einem anderen Menschen trennt, selbst wenn man
ihn in Not weiß. Aber was ist, jeder weiß es, schwerer, als
einem Menschen zu helfen, solange er nicht um Hilfe ruft,
denn in diesem Nichtanrufen hat er noch einen letzten
Besitz: seinen Stolz, den man nicht zudringlich verletzen
darf. Nur die Bettler machen es einem leicht, und man
sollte ihnen danken dafür, weil sie einem nicht den Weg
zu sich sperren — dieser aber war einer von den Trotzigen,
die lieber ihre persönliche Freiheit in gefahrvollster Weise
einsetzen, statt zu betteln, die lieber stehlen, statt Almosen
zu nehmen. Würde es ihn nicht seelenmörderisch* erschrecken, drängte ich mich unter irgendeinem Vorwand
und ungeschickt an ihn heran? Und dann, er saß so
maßlos müde da, daß jede Störung eine Roheit gewesen
wäre. Er hatte den Sessel ganz an die Mauer geschoben, so
daß gleichzeitig der Körper am Sesselrücken und der
Kopf an der Wand lehnte, die bleigrauen Lider für einen
Augenblick geschlossen: ich verstand, ich fühlte, am
liebsten hätte er jetzt geschlafen, nur zehn, nur fünf
Minuten lang. Geradezu körperlich drang seine Ermüdung und Erschöpfung in mich ein. War diese fahle
Farbe des Gesichtes nicht weißer Schatten einer gekalkten
Gefängniszelle? Und dieses Loch im Ärmel, bei jeder
Bewegung aufblitzend, verriet es nicht, daß keine Frau
besorgt und zärtlich in seinem Schicksal war? Ich versuchte mir sein Leben vorzustellen: irgendwo im fünften
Mansardenstock ein schmutziges Eisenbett im unge-
heizten Zimmer, eine zerbrochene Waschschale, ein
kleines Kofferchen als ganzen Besitz und in diesem engen
Zimmer noch immer die Angst vor dem schweren Schritt
des Polizisten, der die knarrenden Stufen treppauf steigt;
alles sah ich in diesen zwei oder drei Minuten, da er erschöpft seinen dünnen knochigen Körper und seinen

leicht greisenhaften Kopf an die Mauer lehnte. Aber der Kellner scharrte bereits auffällig die gebrauchten Gabeln und Messer zusammen: er liebte derart späte und langwierige Gäste nicht. Ich zahlte als erster und ging rasch, um seinen Blick zu vermeiden; als er wenige Minuten später auf die Straße trat, folgte ich ihm; um keinen Preis wollte ich mehr diesen armen Menschen sich selbst überlassen.

Denn jetzt war es nicht mehr wie vormittags eine spielerische und nervenmäßige Neugier, die mich an ihn heftete, nicht mehr die verspielte Lust, ein unbekanntes Handwerk kennenzulernen, jetzt spürte ich bis in die Kehle eine dumpfe Angst, ein fürchterlich drückendes Gefühl, und würgender wurde dieser Druck, sobald ich merkte, daß er den Weg abermals zum Boulevard hin nahm. Um Gottes willen, du willst doch nicht wieder vor dieselbe Auslage mit den Äffchen? Mach keine Dummheiten! Überlegs doch, längst muß die Frau die Polizei verständigt haben, gewiß wartet sie dort schon, dich gleich an deinem dünnen Mäntelchen zu fassen. Und überhaupt: laß für heute von der Arbeit! Versuch nichts Neues, du bist nicht in Form.* Du hast keine Kraft mehr in dir, keinen Elan,* du bist müde, und was man in der Kunst mit Müdigkeit beginnt, ist immer schlecht getan. Ruh dich lieber aus, leg dich ins Bett, armer Mensch: nur heute nichts mehr, nur nicht heute! Unmöglich zu erklären, wieso dieser Angstgedanke über mich kam, diese geradezu halluzinatorische* Gewißheit, daß er beim ersten Versuch heute unbedingt ertappt werden müßte. Immer stärker wurde meine Besorgnis, je mehr wir uns dem Boulevard näherten, schon hörte man das Brausen seines ewigen Katarakts. Nein, um keinen Preis mehr vor jene Auslage, ich dulde es nicht, du Narr! Schon war ich hinter ihm und hatte die Hand bereit, ihn am Arm zu fassen, ihn zurückzureißen. Aber als hätte er abermals meinen inneren Befehl verstanden, machte mein Mann unvermuteterweise eine Wendung. Er überquerte in der Rue Drouot, eine Straße vor dem Boulevard, den Fahrdamm und ging mit einer plötzlich sicheren Haltung, als hätte er dort seine Wohnung, auf ein Haus zu. Ich erkannte sofort dieses Haus: es war das Hôtel Drouot, das bekannte Versteigerungsinstitut* von Paris.

Ich war verblüfft, nun, ich weiß nicht mehr zum wievielten Mal, durch diesen erstaunlichen Mann. Denn indes ich sein Leben zu erraten mich bemühte, mußte gleichzeitig eine Kraft in ihm meinen geheimsten Wünschen entgegenkommen. Von den hunderttausend Häusern dieser fremden Stadt Paris hatte ich mir heute morgen vorgenommen, gerade in dieses eine Haus zu gehen, weil es mir immer die anregendsten, kenntnisreichsten und zugleich amüsantesten Stunden schenkt. Lebendiger als ein Museum und an manchen Tagen ebenso reich an Schätzen, jederzeit abwechslungsvoll,* immer anders, immer dasselbe, liebe ich dieses äußerlich so unscheinbare Hôtel Drouot als eines der schönsten Schaustücke, denn es stellt in überraschender Verkürzung die ganze Sachwelt* des Pariser Lebens dar. Was sonst in den verschlossenen Wänden einer Wohnung sich zu einem organischen Ganzen bindet, liegt hier zu zahllosen Einzeldingen zerhackt und aufgelöst wie in einem Fleischerladen der zerstückelte Leib eines riesigen Tieres, das Fremdeste und Gegensätzlichste, das Heiligste und das Alltäglichste ist hier durch die gemeinste aller Gemeinsamkeiten gebunden: alles, was hier zur Schau liegt, will zu Geld werden. Bett und Kruzifix und Hut und Teppich, Uhr und Waschschüssel, Marmorstatuen von Houdon* und Tombakbestecke, persische Miniaturen und versilberte Zigarettendosen, schmutzige Fahrräder neben Erstausgaben von Paul Valéry,* Grammophone neben gotischen Madonnen, Bilder von Van Dyck* Wand an Wand mit schmierigen Öldrucken, Sonaten Beethovens* neben zerbrochenen Öfen, das Notwendigste und das Überflüssigste, der niedrigste Kitsch und die kostbarste Kunst, groß und klein und echt und falsch und alt und neu, alles, was je von Menschenhand und Menschengeist erschaffen wurde, das Erhabenste wie das Stupideste, strömt in diese Auktionsretorte, die grausam gleichgültig alle Werte dieser riesigen Stadt in sich zieht und wieder ausspeit. Auf diesem unbarmherzigen Umschlagplatz aller Werte zu Münze und Zahl, auf diesem riesigen Krammarkt menschlicher Eitelkeiten und Notwendigkeiten, an diesem phantastischen Ort spürt man stärker als irgendwo sonst die ganze verwirrende Vielfalt unserer materiellen Welt. Alles kann der Notstand* hier verkaufen, der Besitzende erkaufen, aber nicht Gegenstände allein erwirbt man hier, sondern auch Einblicke und Kenntnisse. Der Achtsame kann hier durch Zuschauen und Zuhören jede Materie besser verstehen lernen, Kenntnis der Kunstgeschichte, Archäologie, Bibliophilie, Briefmarkenbewertung, Münzkunde und nicht zum mindesten auch Menschenkunde. Denn ebenso vielfältig wie die Dinge, die aus diesen Sälen in andere Hände wandern wollen und sich nur für eine kurze Frist ausruhen von der Knechtschaft des Besitzes, ebenso vielfältig sind die Menschenrassen und -klassen, die neugierig und kaufgierig sich um die Versteigerungstische drängen, die Augen unruhig von der Leidenschaft des Geschäftes, dem geheimnisvollen Brand der Sammelwut.* Hier sitzen die großen Händler in ihren Pelzen und sauber gebürsteten Melonenhüten* neben kleinen schmutzigen Anti-

quären und Bric-à-brac-Trödlern der Rive Gauche,* die
billig ihre Buden füllen wollen, zwischendurch schwirren
und schwatzen die kleinen Schieber und Zwischenhändler,
die Agenten, die Aufbieter, die ‚Raccailleurs‘,* die unvermeidlichen Hyänen des Schlachtfeldes, um rasch ein
Objekt, ehe es billig zu Boden fällt, aufzuhaschen oder,
wenn sie einen Sammler in ein kostbares Stück richtig
verbissen sehen, ihn mit gegenseitigem Augenzwinkern
hochzuwippen. Selber zu Pergament gewordene Bibliothekare schleichen hier bebrillt herum wie schläfrige
Tapire, dann rauschen wieder bunte Paradiesvögel,
hochelegante, beperlte Damen herein, die ihre Lakaien
vorausgeschickt haben, um ihnen einen Vorderplatz am
Auktionstisch freizuhalten, in einer Ecke stehen unterdes
wie Kraniche still und mit zurückhaltendem Blick die
wirklichen Kenner, die Freimaurerschaft der Sammler.*
Hinter all diesen Typen aber, die das Geschäft oder die
Neugier oder die Kunstliebe aus wirklicher Anteilnahme
heranlockt, wogt jedesmal eine zufällige Masse von bloß
Neugierigen, die sich einzig an der kostenlos gegebenen
Heizung wärmen wollen oder sich an den funkelnden
Fontänen der emporgeschleuderten Zahlen freuen. Jeden
aber, der hieher kommt, treibt eine Absicht, jene des
Sammelns, des Spielens, des Verdienens, des Besitzenwollens oder bloß des Sichwärmens, Sicherhitzens an
fremder Hitze, und dieses gedrängte Menschenchaos teilt
und ordnet sich in eine ganz unwahrscheinliche Fülle von
Physiognomien. Eine einzige Spezies aber hatte ich niemals hier vertreten gesehen oder gedacht: die Gilde der
Taschendiebe. Doch jetzt, da ich meinen Freund mit
sicherem Instinkt einschleichen sah, verstand ich sofort,
daß dieser eine Ort auch das ideale, ja vielleicht das idealste
Revier von Paris für seine hohe Kunst sein müsse. Denn

hier sind alle notwendigen Elemente aufs wunderbarste vereinigt, das gräßliche und kaum erträgliche Gedränge, die unbedingt erforderliche Ablenkung durch die Gier des Schauens, des Wartens, des Lizitierens.* Und drittens: ein Versteigerungsinstitut ist, außer dem Rennplatz, beinahe der letzte Ort unserer heutigen Welt, wo alles noch bar auf den Tisch bezahlt werden muß, so daß anzunehmen ist, unter jedem Rock runde sich die weiche Geschwulst einer gefüllten Brieftasche. Hier oder niemals wartet große Gelegenheit für eine flinke Pfote, und wahrscheinlich, jetzt begriff ichs, war die kleine Probe am Vormittag für meinen Freund bloß eine Fingerübung gewesen. Hier aber rüstete er zum eigentlichen Meisterstreich.

Und doch: am liebsten hätte ich ihn am Ärmel zurückgerissen, als er jetzt lässig die Stufen zum ersten Stock hinaufstieg. Um Gottes willen, siehst du denn nicht dort das Plakat in drei Sprachen: ‚Beware of pickpockets!‘, ‚Attention aux pickpockets!‘, ‚Achtung vor Taschendieben!‘? Siehst du das nicht, du leichtfertiger Narr? Man weiß hier um deinesgleichen, gewiß schleichen Dutzende von Detektiven hier durchs Gedränge, und nochmals, glaub mir, du bist heute nicht in Form! Aber kühlen Blickes das ihm anscheinend wohlbekannte Plakat streifend, stieg der ausgepichte Kenner der Situation ruhig die Stufen empor, ein taktischer Entschluß, den ich an sich nur billigen konnte. Denn in den unteren Sälen wird meist nur grober Hausrat verkauft, Wohnungseinrichtungen, Kasten und Schränke, dort drängt und quirlt die unergiebige und unerfreuliche Masse der Altwarenhändler, die vielleicht noch nach guter Bauernsitte sich die Geldkatze sicher um den Bauch schnüren und die anzugehen weder ergiebig noch ratsam sein dürfte. In den

Sälen des ersten Stockes aber, wo die subtileren Gegenstände versteigert werden, Bilder, Schmuck, Bücher, Autographen, Juwelen, dort sind zweifellos die volleren Taschen und sorgloseren Käufer.

Ich hatte Mühe, hinter meinem Freund zu bleiben, denn kreuz und quer paddelte er vom Haupteingang aus in jeden einzelnen Saal, vor und wieder zurück, um in jedem die Chancen auszumessen; geduldig und beharrlich wie ein Feinschmecker ein besonderes Menü las er zwischendurch die angeschlagenen Plakate. Endlich entschied er sich für den Saal sieben, wo ‚La célèbre collection de porcelaine chinoise et japonaise de Mme. la Comtesse Yves de G. . . .‘ versteigert wurde. Zweifellos, hier gab es heute sensationell kostspielige Ware, denn die Leute standen derart dicht gedrängt, daß man vom Eingang zunächst den Auktionstisch hinter den Mänteln und Hüten überhaupt nicht wahrnehmen konnte. Eine enggeschlossen,* vielleicht zwanzig- oder dreißigreihige Menschenmauer sperrte jede Sicht auf den langen, grünen Tisch, und von unserem Platz an der Eingangstür erhaschte man gerade noch die amüsanten Bewegungen des Auktionators, des Commissaire-priseur, der von seinem erhöhten Pult aus, den weißen Hammer in der Hand, wie ein Orchesterchef* das ganze Versteigerungsspiel dirigierte und über beängstigend lange Pausen immer wieder zu einem Prestissimo führte. Wahrscheinlich wie andere kleine Angestellte irgendwo in Ménilmontant* oder sonst einer Vorstadt wohnhaft, zwei Zimmer, ein Gasherdchen, ein Grammophon als köstlichste Habe und ein paar Pelargonien* vor dem Fenster, genoß er hier vor einem illustren Publikum, mit einem schnittigen Cutaway angetan, das Haar mit Pomade sorgfältig gescheitelt, sichtbar selig die unerhörte Lust, jeden Tag durch drei

Stunden mit einem kleinen Hammer die kostbarsten Werte von Paris zu Geld zerschlagen zu dürfen. Mit der eingelernten Liebenswürdigkeit eines Akrobaten fing er von links, von rechts, vom Tisch und von der Tiefe des Saales die verschiedenen Angebote — „six-cents, six-cent-cinq, six-cent-dix" — graziös auf wie einen bunten Ball und schleuderte, die Vokale rundend, die Konsonanten auseinanderziehend, dieselben Ziffern gleichsam sublimiert* zurück. Zwischendurch spielte er das Animiermädchen, mahnte, wenn ein Angebot ausblieb und der Zahlenwirbel stockte, mit einem verlockenden Lächeln, „Personne à droite?, Personne à gauche?", oder er drohte, eine kleine dramatische Falte zwischen die Augenbrauen schiebend und den entscheidenden Elfenbeinhammer mit der rechten Hand erhebend: „J'adjuge", oder er lächelte ein „Voyons, Messieurs, c'est pas du tout cher". Dazwischen grüßte er kennerisch einzelne Bekannte, blinzelte manchen Bietern schlau aufmunternd zu, und während er die Ansage jedes neuen Auktionsstückes mit einer sachlich notwendigen Feststellung, „le numéro trente-trois", ganz trocken begann, stieg mit dem wachsenden Preis sein Tenor immer bewußter ins Dramatische empor. Er genoß es sichtlich, daß durch drei Stunden drei- oder vierhundert Menschen atemlos gierig bald seine Lippen anstarrten, bald das magische Hämmerchen in seiner Hand. Dieser trügerische Wahn, er selbst habe zu entscheiden, indes er nichts als das Instrument der zufälligen Angebote war, gab ihm ein berauschendes Selbstbewußtsein; wie ein Pfau schlug er seine vokalischen Räder, was mich aber keineswegs hinderte, innerlich festzustellen, daß er mit all seinen übertriebenen Gesten meinem Freunde eigentlich nur denselben notwendigen Ablenkedienst erwies wie die drei possierlichen Äffchen des Vormittags.

Vorläufig konnte mein wackerer Freund aus dieser Komplicenhilfe noch keinen Vorteil ziehen, denn wir standen noch immer hilflos in der letzten Reihe, und jeder Versuch, sich durch diese kompakte, warme und zähe Menschenmasse bis zum Auktionstisch vorzukeilen, schien mir vollkommen aussichtslos. Aber wieder bemerkte ich, wie sehr ich noch Eintagsdilettant war in diesem interessanten Gewerbe. Mein Kamerad, der erfahrene Meister und Techniker, wußte längst, daß immer im Augenblick, da der Hammer endgültig niederfiel — siebentausendzweihundertsechzig Francs jubelte eben der Tenor —, daß sich in dieser kurzen Sekunde der Entspannung die Mauer lockerte. Die aufgeregten Köpfe sanken nieder, die Händler notierten die Preise in die Kataloge, ab und zu entfernte sich ein Neugieriger, für einen Augenblick kam Luft in die gepreßte Menge. Und diesen Moment benutzte er genial geschwind, um mit niedergedrücktem Kopf wie ein Torpedo sich vorzustoßen. Mit einem Ruck hatte er sich durch vier, fünf Menschenreihen gezwängt, und ich, der ich mir doch geschworen hatte, den Unvorsichtigen nicht sich selbst zu überlassen, stand plötzlich allein und ohne ihn. Ich drängte zwar jetzt gleichfalls vor, aber schon nahm die Auktion wieder ihren Gang, schon schloß sich die Mauer wieder zusammen, und ich blieb im prallsten Gedränge hilflos stecken wie ein Karren im Sumpf. Entsetzlich war diese heiße, klebrige Presse, hinter, vor mir, links, rechts fremde Körper, fremde Kleider und so nah heran, daß jedes Husten eines Nachbars in mich hineinschütterte.* Unerträglich dazu noch die Luft, es roch nach Staub, nach Dumpfem und Saurem und vor allem nach Schweiß wie überall, wo es um Geld geht; dampfend vor Hitze, versuchte ich den Rock zu öffnen, um mit der Hand nach meinem Taschentuch zu fassen. Vergeblich, zu eng war ich eingequetscht. Aber doch, aber doch, ich gab nicht nach, langsam und stetig drängte ich weiter nach vorn, eine Reihe weiter und wieder eine. Jedoch zu spät! Das kanariengelbe Mäntelchen war verschwunden. Es steckte irgendwo unsichtbar in der Masse, niemand wußte von seiner gefährlichen Gegenwart, nur ich allein, dem alle Nerven bebten von einer mystischen Angst, diesem armen Teufel müsse heute etwas Entsetzliches zustoßen. Jede Sekunde erwartete ich, jemand würde aufschreien: ‚Au voleur', ein Getümmel, ein Wortwechsel würde entstehen, und man würde ihn hinausschleifen, an beiden Ärmeln seines Mäntelchens gepackt — ich kann es nicht erklären, wieso diese grauenhafte Gewißheit in mich kam, es müsse ihm heute und gerade heute sein Zugriff mißlingen.

Aber siehe, nichts geschah, kein Ruf, kein Schrei; im Gegenteil, das Gerede, Gescharre und Gesurre hörte jählings auf. Mit einemmal wurde es merkwürdig still, als preßten diese zwei-, dreihundert Menschen alle auf Verabredung den Atem nieder, alle blickten sie jetzt mit verdoppelter Spannung zu dem Commissaire-priseur, der einen Schritt zurücktrat unter den Leuchter, so daß seine Stirn besonders feierlich erglänzte. Denn das Hauptstück der Auktion war an die Reihe gekommen, eine riesige Vase, die der Kaiser von China höchst persönlich vor dreihundert Jahren dem König von Frankreich mit einer Gesandtschaft als Präsent* geschickt und die wie viele andere Dinge während der Revolution auf geheimnisvolle Weise Urlaub aus Versailles genommen hatte. Vier livrierte Diener hoben das kostbare Objekt — weißleuchtende Rundung mit blauem Andernspiel — mit besonderer und zugleich demonstrativer Vorsicht auf den

Tisch, und nach einem feierlichen Räuspern verkündete
der Auktionator den Ausrufpreis:* „Einhundertunddreißigtausend Francs! Einhundertunddreißigtausend
Francs" — ehrfürchtige Stille antwortete dieser durch
vier Nullen geheiligten Zahl. Niemand wagte sofort
darauf loszubieten, niemand zu sprechen oder nur den
Fuß zu rühren; die dicht und heiß ineinandergekeilte
Menschenmasse bildete einen einzigen starren Block von
Respekt. Dann endlich hob ein kleiner weißhaariger Herr
am linken Ende des Tisches den Kopf und sagte schnell,
leise und fast verlegen: „Einhundertfünfunddreißigtausend", worauf sofort der Commissaire-priseur entschlossen „Einhundertvierzigtausend" zurückschlug.

Nun begann aufregendes Spiel: der Vertreter eines
großen amerikanischen Auktionshauses beschränkte sich
darauf, immer nur den Finger zu heben, worauf wie bei
einer elektrischen Uhr die Ziffer des Anbotes sofort um
fünftausend vorsprang, vom anderen Tischende bot der
Privatsekretär eines großen Sammlers (man raunte leise
den Namen) kräftig Paroli; allmählich wurde die Auktion zum Dialog zwischen den beiden Bietern, die einander quer gegenübersaßen und störrisch vermieden, sich
gegenseitig anzublicken: beide adressierten sie einzig ihre
Mitteilungen an den Commissaire-priseur, der sie mit
sichtlicher Befriedigung empfing. Endlich, bei zweihundertsechzigtausend, hob der Amerikaner zum erstenmal nicht mehr den Finger; wie ein eingefrorner Ton
blieb die ausgerufene Zahl leer in der Luft hängen. Die
Erregung wuchs, viermal wiederholte der Commissairepriseur: „Zweihundertsechzigtausend ... zweihundertsechzigtausend ..." Wie einen Falken nach Beute warf
er die Zahl hoch in den Raum. Dann wartete er, blickte
gespannt und leise enttäuscht nach rechts und links (ach

er hätte noch gern weitergespielt!): „Bietet niemand mehr?" Schweigen und Schweigen. „Bietet niemand mehr?" Es klang fast wie Verzweiflung. Das Schweigen begann zu schwingen, eine Saite ohne Ton. Langsam erhob sich der Hammer. Jetzt standen dreihundert Herzen still ... „Zweihundertsechzigtausend Francs zum ersten- ... zum zweiten ... zum ..."

Wie ein einziger Block lag das Schweigen auf dem verstummten Saal, niemand atmete mehr. Mit fast religiöser Feierlichkeit hob der Commissaire-priseur den Elfenbeinhammer über die verstummte Menge. Noch einmal drohte er: „J'adjuge." Nichts! Keine Antwort. Und dann: „Zum drittenmal." Der Hammer fiel mit trockenem und bösem Schlag. Vorbei! Zweihundertsechzigtausend Francs! Die Menschenmauer schwankte und zerbrach von diesem kleinen, trockenen Schlag wieder in einzelne lebendige Gesichter, alles regte sich, atmete, schrie, stöhnte, räusperte sich. Wie ein einziger Leib rührte und entspannte sich die zusammengekeilte Menge in einer erregten Welle, in einem einzigen fortgetragenen Stoß.

Auch zu mir kam dieser Stoß, und zwar von einem fremden Ellbogen mitten in die Brust. Zugleich murmelte jemand mich an: „Pardon, Monsieur." Ich zuckte auf. Diese Stimme! O freundliches Wunder, er war es, der schwer Vermißte, der Langgesuchte, die auflockernde Welle hatte ihn — welch glücklicher Zufall — gerade zu mir hergeschwemmt. Jetzt hatte ich ihn, gottlob, wieder ganz nahe, jetzt konnte ich ihn endlich, endlich genau überwachen und beschirmen. Natürlich hütete ich mich wohl, ihm offen ins Antlitz zu sehen; nur von der Seite schielte ich leise hinüber, und zwar nicht nach seinem Gesicht, sondern nach seinen Händen, nach seinem

Handwerkszeug, aber die waren merkwürdigerweise verschwunden: er hatte, bald merkte ichs, die beiden Unterärmel seines Mäntelchens dicht an den Leib gelegt und wie ein Frierender die Finger unter ihren schützenden Rand gezogen, damit sie unsichtbar würden. Wenn er jetzt ein Opfer antasten wollte, so konnte es nichts anderes als eine zufällige Berührung von weichem, ungefährlichem Stoff spüren, die stoßbereite Diebshand lag unter dem Ärmel verdeckt wie die Kralle in der samtenen Katzenpfote. Ausgezeichnet gemacht, bewunderte ich. Aber gegen wen zielte dieser Griff? Ich schielte vorsichtig zu seiner Rechten hin, dort stand ein hagerer, durchaus zugeknöpfter Herr und vor ihm, mit breitem und uneinnehmbarem Rücken, ein zweiter; so war mir zunächst nicht klar, wie er an einen dieser beiden erfolgreich herankommen könnte. Aber plötzlich, als ich jetzt einen leisen Druck an meinem eigenen Knie fühlte, packte mich der Gedanke — und wie ein Schauer rann es eisig durch mich: am Ende gilt diese Vorbereitung mir selbst? Am Ende willst du Narr hier den einzigen im Saale angehen, der von dir weiß und ich soll jetzt — letzte und verwirrendste Lektion! — dein Handwerk am eigenen Leibe ausproben? Wahrhaftig, es schien mir zu gelten, gerade mich, gerade mich hatte der heillose Unglücksvogel sich anscheinend ausgesucht, gerade mich, seinen Gedankenfreund den einzigen, der ihn kannte bis in die Tiefe seines Handwerks!

Ja, zweifellos galt es mir, jetzt durfte ich mich nicht länger täuschen, denn ich spürte bereits unverkennbar, wie sich der nachbarliche Ellbogen leise mir in die Seite drückte, wie Zoll um Zoll der Ärmel mit der verdeckten Hand sich vorschob, um wahrscheinlich bei der ersten erregten Bewegung innerhalb des Gedränges mit flinkem

Griff mir wippend zwischen Rock und Weste zu fahren. Zwar: mit einer kleinen Gegenbewegung hätte ich mich jetzt noch völlig sichern können; es hätte genügt, mich zur Seite zu drehen oder den Rock zuzuknöpfen, aber sonderbar, dazu hatte ich keine Kraft mehr, denn mein ganzer Körper war hypnotisiert von Erregung und Erwartung. Wie angefroren stockte mir jeder Muskel, jeder Nerv, und während ich unsinnig aufgeregt wartete, überdachte ich rasch, wieviel ich in der Brieftasche hatte, und während ich an die Brieftasche dachte, spürte ich (jeder Teil unseres Körpers wird ja sofort gefühlsempfindlich,* sobald man ihn denkt, jeder Zahn, jede Zehe, jeder Nerv) den noch warmen und ruhigen Druck der Brieftasche gegen die Brust. Sie war also vorläufig noch zur Stelle, und derart vorbereitet konnte ich seinen Angriff unbesorgt bestehen. Aber ich wußte merkwürdigerweise gar nicht, ob ich diesen Angriff wollte oder nicht wollte. Mein Gefühl war völlig verwirrt und wie zweigeteilt. Denn einerseits wünschte ich um seinetwillen, der Narr möge von mir ablassen, anderseits wartete ich mit der gleichen fürchterlichen Spannung wie beim Zahnarzt, wenn der Bohrer sich der gepeinigten Stelle nähert, auf seine Kunstprobe, auf den entscheidenden Stoß. Er aber, als ob er mich für meine Neugierde strafen wollte, beeilte sich keineswegs mit seinem Zustoß. Immer wieder hielt er inne und blieb doch warm nahe. Zoll um Zoll schob er sich bedächtig näher, und obwohl meine Sinne ganz an diese drängende Berührung gebunden waren, hörte ich gleichzeitig mit einem ganz anderen Sinn vollkommen deutlich die steigenden Anbote der Auktion vom Tisch herüber: „Dreitausendsiebenhundertfünfzig ... bietet niemand mehr? Dreitausendsiebenhundertsechzig ... siebenhundertsiebzig ... siebenhundertachtzig ...

bietet niemand mehr? Bietet niemand mehr?" Dann fiel der Hammer. Abermals ging der leichte Stoß der Auflockerung nach erfolgtem Zuschlag durch die Masse, und im selben Moment fühlte ich eine Welle davon an mich herankommen. Es war kein wirklicher Griff, sondern etwas wie das Laufen einer Schlange, ein gleitender körperlicher Hauch, so leicht und schnell, daß ich ihn nie gefühlt hätte, wäre nicht alle meine Neugier an jener bedrohten Stelle Posten gestanden; nur eine Falte wie von zufälligem Wind kräuselte meinen Mantel, etwas spürte ich zart wie das Vorüberstreifen eines Vogels und ...

Und plötzlich geschah, was ich nie erwartet hatte: meine eigene Hand war von unten stoßhaft heraufgefahren und hatte die fremde Hand unter meinem Rock gepackt. Niemals hatte ich diese brutale Abwehr geplant. Es war eine mich selbst überrumpelnde Reflexbewegung meiner Muskeln. Aus rein körperlichem Abwehrinstinkt war meine Hand automatisch emporgestoßen. Und jetzt hielt — entsetzlich — zu meinem eigenen Erstaunen und Erschrecken meine Faust eine fremde, eine kalte, eine zitternde Hand um das Gelenk gepreßt: nein, das hatte ich nie gewollt!

Diese Sekunde kann ich nicht beschreiben. Ich war ganz starr vor Schreck, plötzlich ein lebendiges Stück kalten Fleisches eines fremden Menschen gewaltsam zu halten. Und genau so schreckgelähmt war er. So wie ich nicht die Kraft, nicht die Geistesgegenwart hatte, seine Hand loszulassen, so hatte er keinen Mut, keine Geistesgegenwart, sie wegzureißen. „Vierhundertfünfzig ... vierhundertsechzig ... vierhundertsiebzig ..." schmetterte oben pathetisch* der Commissaire-priseur — ich hielt noch immer die fremde kaltschauernde Diebshand. „Vierhundertachtzig ... vierhundertneunzig ..."—noch immer merkte niemand, was zwischen uns beiden vorging, niemand ahnte, daß hier zwischen zwei Menschen ein ungeheures Spannungsschicksal bestand: einzig zwischen uns zweien, nur zwischen unseren fürchterlich angestrafften Nerven ging diese namenlose Schlacht. „Fünfhundert ... fünfhundertzehn ... fünfhundertzwanzig ..." immer geschwinder sprudelten die Zahlen, „fünfhundertdreißig ... fünfhundertvierzig ... fünfhundertfünfzig ..." Endlich — das Ganze hatte kaum mehr als zehn Sekunden gedauert — kam mir der Atem wieder. Ich ließ die fremde Hand los. Sie glitschte sofort zurück und verschwand im Ärmel des gelben Mäntelchens.

„Fünfhundertsechzig ... fünfhundertsiebzig ... fünfhundertachtzig ... sechshundert ... sechshundertzehn ..." rasselte es oben weiter und weiter, und wir standen noch immer nebeneinander, Komplicen der geheimnisvollen Tat, beide gelähmt von dem gleichen Erlebnis. Noch spürte ich seinen Körper ganz warm angedrückt an den meinen, und als jetzt in gelöster Erregung die erstarrten Knie mir zu zittern begannen, meinte ich zu fühlen, wie dieser leichte Schauer in die seinen überlief. „Sechshundertzwanzig ... dreißig ... vierzig ... fünfzig ... sechzig ... siebzig ..." immer höher schnellten sich die Zahlen, und immer noch standen wir, durch diesen eisigen Ring des Grauens aneinandergekettet. Endlich fand ich die Kraft, wenigstens den Kopf zu wenden und zu ihm hinüberzusehen. Im gleichen Augenblick schaute er zu mir herüber. Ich stieß mitten in seinen Blick. „Gnade, Gnade! Nicht mich anzeigen!" schienen die kleinen wässerigen Augen zu betteln, die ganze Angst seiner zerpreßten Seele, die Urangst aller Kreatur strömte aus diesen runden Pupillen heraus, und das Bärtchen zitterte mit im Sturm seines Entsetzens. Nur diese aufgerissenen Augen nahm ich deutlich wahr, das Gesicht dahinter war vergangen in einem so unerhörten Ausdruck von Schreck, wie ich ihn niemals vorher und nachher bei einem Menschen wahrgenommen. Ich schämte mich unsagbar, daß jemand so sklavisch, so hündisch zu mir aufblickte, als ob ich Macht hätte über Leben und Tod. Und diese seine Angst erniedrigte mich; verlegen drückte ich den Blick wieder zur Seite.

Er aber hatte verstanden. Er wußte jetzt, daß ich ihn nie und nimmer anzeigen würde; das gab ihm seine Kraft zurück. Mit einem kleinen Ruck bog er seinen Körper von mir fort, ich spürte, daß er sich für immer von mir loslösen wollte. Zuerst lockerte sich unten das angedrängte Knie, dann fühlte mein Arm die angepreßte Wärme vergehen, und plötzlich — mir war, als schwände etwas fort, was zu mir gehörte — stand der Platz neben mir leer. Mit einem Taucherstoß* hatte mein Unglücksgefährte das Feld geräumt. Erst atmete ich auf im Gefühl, wieder Luft um mich zu haben. Aber im nächsten Augenblick erschrak ich: der Arme, was wird er jetzt beginnen? Er braucht doch Geld, und ich, ich schulde ihm doch Dank für diese Stunden der Spannung, ich, sein Komplice wider Willen, muß ihm doch helfen! Hastig drängte ich ihm nach. Aber Verhängnis! Der Unglücksvogel mißverstand meinen guten Eifer und fürchtete mich, da er mich von der Ferne des Gangs erspähte. Ehe ich ihm beruhigend zuwinken konnte, flatterte das kanariengelbe Mäntelchen schon die Treppe hinab in die Unerreichbarkeit der menschendurchfluteten Straße, und unvermutet, wie sie begonnen, war meine Lehrstunde zu Ende.

NOTES

The numbers refer to the pages.

BUCHMENDEL

43. **es wartet ... an jeder Ecke ein Kaffeehaus:** 'at every street corner there stands a restaurant which expects guests to enter.'
Attrappe (*f.*): normally 'dummy,' here 'attraction.'
innerstädtische Musikdielen: *innerstädtisch* occurs in this case as the antithesis to *äußere Bezirk*. The meaning conveyed is 'fashionable dance halls in the town centre.'
aluminiumhelle Zahlkasse: 'sparkling aluminium cash register.'
verfallen: 'fall a victim of.'
narkotisch entströmen: 'exude with a narcotic effect.'
schatten: here used as a verb 'to cast a shadow.'
44. **Verdumpfung** (*f.*): 'stupor.'
vortreiben: 'to urge forward' into the realm of the forgotten past.
aufmontieren: 'to add.'
45. **Anruf** (*m.*): 'command.'
ein verräuchertes Zeitungsblatt: 'a smoke-stained page from a newspaper.'
heraustauchen: 'emerge.'
46. **Schlammteich** (*m.*): 'pool of stagnant water.'
knapp bei: 'close to.'
Café Gluck: This modest suburban café is named after the composer Christoph Willibald Gluck (1714–1787), who settled permanently in Vienna in 1756 as court director of music to the Empress Maria Theresa. Two of his famous operas, *Alceste* and *Iphigenie*, are mentioned below, page 57.
abseitig: 'off the beaten track'; 'unusual'; 'unique.'
47. **unentwegt:** 'firmly.'
Wahrzeichen (*n.*): 'embodiment.'

aufstieg ... Gestalt: 'already there emerged from the creatively inspired soul his unmistakable, lifelike figure.'

Cheder (*m.*): Hebrew school (*lit.* room; generally refers to Jewish religion classes).

Osten (*m.*): referring here as in so much German literature to the Eastern (predominantly Slav) provinces of Germany and Austria.

Talmudschule (*f.*): a school in which Jews are instructed in the teachings of the Talmud on religion, ethics, folklore and jurisprudence.

krakeelen: 'quarrel.'

Markör (*m.*): 'marker in billiards.'

brenzeln: 'smoulder'.

48. **angebeizt vom Rauch:** 'blackened with smoke.'

Büchertrödler (*m.*): 'dealer in second-hand books.'

restlos: 'complete,' 'utter.'

Mesmer: Franz Anton Mesmer (1734–1815) was a physician practising in Vienna. He believed in the influence of the planets on the human body, this astrological interest linking him with the Swiss physician Paracelsus (1493–1541). He was the discoverer of animal magnetism, but his magnetic theory was rejected by the men of science of his time and Mesmer died in obscurity in Switzerland. The word 'mesmerism' is derived from his name. Stefan Zweig has dealt with Mesmer in an essay.

Neuling (*m.*): 'novice'; 'inexperienced person.'

anmurren: 'grumble at.'

Literaturnachweis (*m.*): a list of books to consult on any given subject.

der holt ... heran: 'he will recruit the resources of the second-hand book trade for you.'

ein vorweltlicher Bücher-Saurier: 'a prehistoric bibliosaurus.'

bartumschludert: 'with a tousled beard.'

pagodenhaft: the word *Pagode* is here used in the meaning of a small figure, the head of which gently nods up and down.

49. **Zettelwerk:** 'innumerable slips of paper.'

wegsträuben: 'brush aside.'

entgegenstechen: 'peer at.'

flippend: 'mobile,' 'darting.'

Nichtgewollt ... sitzen: '*Er hat es nicht wollen? Nein, er hat es nicht können! Ein Narr ist er, ein geschlagener Esel mit grauen Haaren. Ich kenne ihn Gott sei's geklagt, schon mehr als zwanzig Jahre, aber gelernt hat er in der Zeit noch immer nichts. Gehalt einstecken, das ist das einzige, was die können! Sie sollten lieber Ziegelsteine tragen, diese Herrn Doktoren, als bei den Büchern sitzen.*'

Mit dieser kräftigen Herzentladung: 'After having thus forcefully relieved his feelings.'

überschmiert: the marble top of the table was scrawled all over with notes.

Polemik (*f.*): 'controversy.'

50. **zusammenkneifen:** 'to screw up.'

bibliothekarische Paraphrasen: 'bibliographical paraphrases.'

Gaßner: Johann Joseph Gaßner (1727–79). Born at Braz near Bludenz in the Vorarlberg district of Austria. Studied at Innsbruck and Prague and became in 1758 vicar of Klösterle. Anton Ignaz Graf von Fugger, the Bishop of Regensburg, made him Court Chaplain but had to remove him later to the obscure vicarage of Pondorf because of the displeasure of Pope Pius VI on account of Gaßner's miraculous cures as an exorcist. People like Lavater and Justinus Kerner esteemed him and ascribed magnetic powers to him. He died at Pondorf, near Regensburg.

Christian Science: a religious system proposing to work out the salvation of mortals by scientific rules and not by doctrinal beliefs. Mary Baker Eddy (1821–1910) evolved Christian Science in 1866 and laid down its principles in her main work, *Science and Health with Key to the Scriptures* (1875). She founded in Boston, U.S.A., the First Church of Christ Scientist (1879) and started in 1883 *The Christian Science Journal*, in 1898 *Christian Science Sentinel* and in 1908 *The Christian Science Monitor*. As in the case of Mesmer, Zweig has also devoted an essay to Mary Baker Eddy.

Blavatzky: Helena Petrovna Blavatsky (1831–91), a Russian theosophist. She created a sensation in 1858 as a spiritualistic medium. After gaining prominence among spiritualists in the United States she made a study of occult literature to which she soon added the sacred writings of India. She founded in 1875 the Theosophical Society with the object (i) of forming a universal brotherhood of man; (*ii*) studying and making known the ancient religions, philosophies and sciences; (*iii*) investigating laws of nature and developing the divine powers latent in man.

eingespult: 'encased.'

brummen: 'mutter.'

eppes: 'something'; the word is of Yiddish origin.

51. **Sechel** (*m.*): *Säckel* (*m.*) 'brains'; the word is of Yiddish origin.

    aus lauter Höflichkeit: 'through sheer desire to be polite.'

    Amhorez (*m.*): 'ignoramus'; the word is of Hebrew origin.

    diamantene Buchgehirn: 'brilliant brain for books.'

    Geisterschrift (*f.*): 'the invisible spirit-writing.'

    eingestanzt: 'as stamped into a die.'

52. **auf den ersten Hieb:** 'at the first attempt.'

    Faksimilebeigaben: 'facsimile plates.'

    Exemplar (*n.*): 'copy.'

    Ersteher (*m.*): 'one who buys (*erstehen*) at an auction'; 'purchaser.'

    Bücherweltall (*n.*): 'universe of books.'

    Kartothek (*f.*): 'card index.'

    explizieren: 'exemplify.'

53. **Erscheinungsform** (*f.*): 'format.'

    Physiognomie (*f.*): 'face'; 'features.'

    Mezzofanti: Giuseppe Caspar Mezzofanti (1774–1849), Italian cardinal and linguist. He spoke with considerable fluency and in some cases with attention to dialectic peculiarities, some fifty or sixty languages of the most widely separated families. His peculiar talent was not combined with any exceptional measure of intellectual power, and produced nothing of permanent value.

    Lasker: Emanuel Lasker (1868–1941), German chess player and mathematician. He was born at Berlinchen (Brandenburg) and was world chess champion from 1894–1920. Being a Jew, he left Germany after the advent of the National Socialist regime and died in New York.

    Busoni: Ferruccio Benvenuto Busoni (1866–1924), an eminent musician. He was the greatest pianist of his period and specialised in the music of J. S. Bach and Liszt. He edited and transcribed a large number of Bach's works and took a large part in preparing the complete edition of Liszt's works published by the Liszt Foundation.

Seminar (*n.*): 'training college'.

so ... auszuwirken: 'thus these phantastic gifts were only able to serve as a cryptic science.'

Buffon: Georges Louis Leclerc, Comte de Buffon (1707–88), was a naturalist. He became director of the Jardin du Roi (now the Jardin des Plantes) in 1739 and devoted his life to the description and classification of the objects under his care. His great *Histoire Naturelle* (36 volumes) appeared between 1749 and 1789. He has the distinction of anticipating in broad outline Darwin's teaching on evolution and the mutability of species.

Spielart (*f.*): 'variety.'

Urform (*f.*): 'prototype.'

54. **kaiserbärtig:** 'with a beard like the Emperor Francis Joseph.'

so ... Schacher: 'so only petty trade was carried on.'

Jahrgang (*m.*): 'annual output'; 'vintage'; the books went from the hands of graduates to freshmen.

Bei ihm war guter Rat billig: this phrase is modelled on the popular proverb: '*Da ist guter Rat teuer.*' In the case of Mendel the helpful advice which is usually very difficult to obtain was gained easily.

abgeschabt: 'threadbare.'

an ... gesucht: 'having become exhausted by futile quests.'

55. **Mandyczewski:** Eusebius Mandyczewski, famous as an editor and keeper of the archives of the *Gesellschaft der Musikfreunde* in Vienna. We owe to him the complete edition of Schubert's works and the beginning of a complete edition of Haydn's works which is still not finished.

Glossy: affectionately known as Vater Glossy, expert on theatrical history (1848–1937). Born and died in Vienna. Son of a gilder, educated at a Piarist School, ran away at the age of fifteen to join a theatrical company. Later studied law and in 1882 became Librarian at the Vienna Stadtbibliothek, of which he was the Director from 1899 to 1904. He was also Director of the Historical Museum and intermittently edited the *Österreichische Rundschau* and the *Jahrbuch der Grillparzer Gesellschaft*. Well known as a literary and cultural historian.

Selbstverständlichkeit (*f.*): 'confidence.'

murren: 'mutter.'
Unikum (*n.*): '*unicum*'; 'a single copy.'
zurückrücken: 'to move back.'
Rarum (*n.*) = *unicum*.
anblättern: 'turn the pages carefully.'
56. **abwägen:** 'weigh in one's hands.'
Aufeinanderfolge (*f.*): 'the prescribed sequence of a religious ritual.'
es erwies sich: 'it was shown.'
beschnüffeln = *beriechen*: 'smell'; 'sniff at.'
selbstredend: 'naturally.'
weitspurig: *lit.* 'wide-tracked'; the meaning conveyed here is that of 'referring remotely to the matter on hand'; 'distantly connected with the matter.'
Galeriehofrat (*m.*): *Hofrat* is an honorary title given in Austria to some high officials, professors, and artists. The person here referred to would be the director of a leading art collection.
Princeton University: founded 1746. Zweig cannot possibly have linked the founder with Buchmendel. He may have thought of Woodrow Wilson who was President of the University from 1902 to 1910 and instituted the preceptorial system of instruction in small groups of seven to ten students. In the structure of the *Novelle* this reference must not be taken too seriously; the purpose is to convey to the reader that the reputation of Mendel had travelled far, but he himself remained confined in the narrowness of the Café Gluck and was unwilling to move.
57. **schwarzflaumig:** 'with black down.'
Jüngel (*n.*): 'youth.'
Eingott: this word appears in deliberate contrast to *Vielgötterei*. He turns from the monotheistic demands of Jehovah to the sparkling and manifold polytheistic world of books.
Damals . . . gefunden: 'He found himself in the Café Gluck.'
Rundspalt (*m.*): 'eyepiece.'
umgebärend: 'always labouring and giving birth.'
Kundschaften und Auskundschafter: note the play of words with the suggestion of the tragedy that befalls Mendel.
Personal (*n.*): 'staff.'
58. **in persona:** 'in person.' The Latin phrase is used to convey the

NOTES

singular regard shown him by the owner of the Café Gluck.

Auerlampe (*f.*): Auer von Welsbach (1858–1929) was the inventor of the incandescent gas mantle.

Dauertraum (*m.*): 'a permanent dream condition'; 'ever living as in a dream.'

dämmern: 'gleam.'

59. **Spitzbauch** (*m.*): 'paunch.'

Kurzwaren (*pl.*): 'haberdashery.'

Gütel (*n.*): *Gütlein*; 'small holding.'

Krems: small town on the Danube in Lower Austria, north west of Vienna.

vulgo (*adv.*): 'commonly.' The obvious vulgarism serves to show the low regard in which the woman is held; all the more touching is her faithful memory of Mendel.

60. **zerrauft**: 'dishevelled.'

mit ... Gemächern: 'she emerged out of her remote quarters with a gait suggesting dropsy.'

Gemeinsamkeit (*f.*): 'an experience shared.'

So ... lassen: '*so ein lieber, guter Mensch, und wenn ich denke, wie lange ich ihn gekannt habe, mehr als fünfundzwanzig Jahre, er war schon da, als ich eingetreten bin. Und eine Schande wars, wie man ihn hat sterben lassen.*'

tun (*tat*): 'behave.'

61. **zerstrubbelt**: 'dishevelled.'

Kaffeehausraum (*m.*): in marked contrast to the *hintergründige Gemach* in which she worked. 'The restaurant part' of the café.

Ausrufer (*m.*): 'news vendor.'

Mordslärm (*m.*): 'dreadful noise.'

Gorlice: the events referred to here and on pages 65 and 66 centre around the Russian campaigns against Austria in World War I. While Germany hurled herself upon France, Austria was left to face the Russian forces. The Austrians started an offensive into Russian Poland but were defeated. The Russians overran nearly all of Galicia and captured all the fortresses. Przemysl was the last to fall (March 22, 1915) with 150,000 prisoners in Russian hands. By September of the same year the Russians held all the passes of the Carpathian Mountains and were ready to pour into Hungary. The year 1915 also brought

Mackensen's surprise attacked at Gorlice which rolled up the Russian armies although they had been forewarned of the danger.
nie kein Wort: double negative used for emphasis in the speech of common people; 'not a single word.'
Feigenkaffeegschlader (*n.*): 'rubbishy substitute for coffee.' The disapproval expressed in the German words is violent and almost offensive.

66. **Wachmann** (*m.*): 'police constable.'
stante pede: *stehenden Fußes*; 'there and then.'
Gendarm (*m.*)= *Wachmann*.
Amtshandlung (*f.*): 'legal matters.'
Jurament (*n.*): 'oath.'

63. **Versunkenheit** (*f.*): 'engrossment.'
Mondfernheit (*f.*): 'remoteness,' 'uniqueness.'
Gymnasialprofessor (*m.*): teacher at a classical secondary school, a *Gymnasium*.
in ... Romanist: 'whose hobby was French studies.'
Landsturmrock (*m.*): 'coat of the reservists.'
spionageverdächtig: 'suspect of espionage.'
durchleuchten: 'to X-ray.'

64. **unterfertigen:** 'sign.'
chiffrieren: 'cipher.'
avisieren: 'inform.'
dingfest machen: 'arrest.'
taumelig: 'dazed.'
reklamieren: 'claim.'
ein gebrannter Narr: 'an utter fool.'
Einfaltspinsel (*m.*): 'simpleton.'

65. **Protokoll aufnehmen:** *lit.* 'take down the minutes'; 'make a report.'
recte (*Latin*): 'rightly.'
Petrikau: now 'Piotrkow.'
seelenruhig: 'utterly composed.'
brüsk (*adv.*): 'harshly'; 'quickly.'

66. **Offensive** (*f.*): for note on these events compare page 61. Conrad von Hötzendorff was the Austrian commander in this campaign.
unbehelligt (*adj.*): 'unmolested.'

NOTES

das... Verhör: 'the conversation turned into an interrogation.'

mit dem goldenen Kragen: 'with the gold braid on his collar.'

67. **Nochmehrwissenwollen** (*n.*): 'the wish to know still more figures and words.'

    Komorn: a fortified town now in Czechoslovakia.

    analphabetisch (*adj.*): 'illiterate.'

    Menschenkotter (*m.*): 'human quagmire.'

    einhürden: 'to pen up.'

68. **heraldische Werke:** 'books on heraldry.'

    verschollen (*adj.*): 'lost'; 'forgotten.'

    ankurbeln: 'to urge'; 'to get moving.'

69. **Jessas, Marand Joseph:** 'Jesus, Maria und Joseph', a very usual exclamation of consternation. The whole passage reproduces the woman's Austrian dialect. A simple replacement of the omitted *-e* in the prefix or opening syllable *ge-* removes practically all difficulties. Compare also pages 72–75.

    trauen: the verb is used wrongly here as a transitive; it should be intransitive (governing the dative). This is to show the woman's lack of education. In the same connection note the frequent confusion in the use of the dative and accusative cases (*cp.* below and page 75).

    zerschunden (*adj.*): 'ragged.'

    nix = *nichts*.

    Miraculum mundi (*Latin*): 'wonder of the world.'

70. **Blutkomet** (*m.*): 'comet of destruction,' ref. to World War I.

    alkyonisch (*adj.*): 'calm'; 'quiet'; 'peaceful.'

    dämmern: pathetic is this use of the word to describe his listless gaze when we recall its earlier application (*cp.* page 58) to describe the lifeless gleam of the marble top of his old table. Mendel has lost all individuality and become reduced to the level of a lifeless object.

    Schaltwerk (*n.*): 'switch-board.'

    stauen: 'block.'

71. **Azetylenlampe** (*f.*): acetylene was burnt to provide heat as well as light in the days of grave coal shortage.

    Retz: a small town north of Vienna.

    Schiebung (*f.*): this term is always used to denote the illicit

dealings in food stuffs during the post-war years when there was acute food shortage.

zerblättert: 'scattered.' No sooner had he received the money than it had lost its value. Compare notes on *Die unsichtbare Sammlung*.

krempelte ... um: 'he quickly turned the venerable old café into something obtrusive and showy.'

Zettel (*m.*): 'worthless banknotes.'

massive Gewissen der Verdienerzeit: 'the tough conscience of the age of profiteering.'

72. **Abrechnung:** 'The bakery accounts never quite tallied.'

ansagen: 'announce'; 'order.'

herauskriegen: 'draw out'; 'obtain.'

in sich hineinstopfen: 'eat ravenously.'

73. **sich zum Teufel scheren:** 'to clear out.'

traut=*getraut*; **sich trauen:** 'to venture.'

bei ... Standhartner: 'in the days of ...'

ich möcht's nicht ... ich nicht: 'I should not like to have to answer for that before God—that I shouldn't.'

74. **zusammenrappeln** (*refl.*): 'to pull oneself together.'

hin=*hingegangen*.

Messe (*f.*): this is a very pathetic feature—that she intended to have a mass said for the peace of his soul, particularly as he was a Jew. What matters to the old woman and Zweig is the character of the man, not his creed or race.

glanzig: 'glassy.'

Bein (*n.*): 'bone' as in *Schienbein, Brustbein, Nasenbein*.

umeinand: *einher*; 'about.'

Schlafeter: *Schlafender*; 'somnambulist.'

hinausschmeissen: 'to turn out'; *schmeissen* is a common colloquial word.

75. **scheppern:** 'tremble.'

daß man's ... kennt hat: 'so that you noticed it up to his shoulders'.

Rettungsgesellschaft (*f.*): 'ambulance.'

halt: a very common Upper German expression; best omitted in translation.

Zuhaus (*n.*): here used as a noun. This is not infrequent. 'It is his home.'

NOTES

abgeschunden: 'worn out.'
76. **mir:** a reflexive dative; best omitted in translation.
rückwärtige Verschlag: Compare note on page 60.
spielfreudig: 'playful.'
Hayn: Hugo Hayn was the editor of the *Bibliotheka Germanorum erotica et curiosa*. It bears the sub-title of *Verzeichnis der gesamten deutschen erotischen Literatur*.
habent sua fata libelli: 'Books have their fates.' Quotation from *Carmen Heroicum*, by Terentianus Maurus; he flourished at the end of the second century A.D.
abgemürbt (*adj.*): 'work-worn.'
die ... danken: 'who owe him a book.'

EPISODE AM GENFER SEE

80. **Gefährt** (*n.*): usually the word is used in the meaning of vehicle or cart, but here it denotes the primitive raft on which the man floats.
Schlag (*m.*): 'stroke' (as of oars).
Nausikaa: the daughter of Alcinous, King of the Phaeacians. When Odysseus swam ashore she supplied him with clothes and took him to her father's palace (*Odyssey*, VI, 15–315).
81. **Zwilchhose** (*f.*): trousers made of a coarse cotton cloth.
Fischfang (*m.*): 'catch,' 'haul.'
83. **Baikalsee:** Lake Baikal lies north of the Russo-Mongolian border.
die ... Unbildung: 'this man's ignorance, utterly inconceivable to people from the West, became evident.'
Werst (*f.*): *verst*. A Russian measure, approximately 1170 yards.
84. **Durchbrenner** (*m.*): 'deserter.'
zurückspedieren: 'send back,' 'return.'
zufriedenstellen: 'to satisfy.'
Das Rührende dieser Gebärde: 'the pathos of this gesture.'
85. **... erhellteres:** 'his face, which had lit up a little more, again clouded.' The use of the comparative lends a unique poignancy to the passage.
86. **devot** (*adj.*): 'subservient.'

87. **... zumute** (*adv.*): 'The manager became more and more serious.'
88. **absetzen**: 'depose.' The Czar Nicholas II was deposed in 1917.
89. **Protokoll** (*n.*): 'report,' 'record'; *cp.* page 65.

DIE UNSICHTBARE SAMMLUNG

91. **... Inflation:** the sub-title of this *Novelle* indicates the period in which the action is laid. The tale deals with the almost farcical conditions prevailing in Germany after the end of World War I. Money lost its value so rapidly that civil servants were given their salaries in the morning and allowed to take the rest of the day off so as to be able to spend their pay immediately. The purchasing value often dropped within twenty-four hours to such an extent as to make some purchases no longer possible. This *Novelle* was adapted as a play and produced on television by the B.B.C. in 1954.
92. **ausdrücklich** (*adv.*): 'insistently.'
    Kunstkrämer (*m.*): 'art dealer.' The word *Krämer* is used in this case as a token of modesty, not as so often in German in a derogatory manner.
    Wiegendruck (*m.*): *incunabulum*, a fifteenth century print.
    Guercino: 'the squint-eyed,' properly Gian Francesco Barbiere (1591–1666), who was an Italian painter of the Bolognese School. The finest collection of his drawings is in the Royal Library at Windsor.
93. **kaufwütig** (*adj.*): 'anxious to buy.'
    ausgepowert (*adj.*): 'impoverished.'
    Rollade (*f.*): 'blind.'
    herum kümmeln: 'lie about.'
    Spitzweg: Karl Spitzweg (1808–85), a German painter specialising in humorous *genre* pictures belonging to the Biedermeier period, roughly corresponding to the early Victorian. Adolf von Menzel (1815–1905) was an artist of meticulous craftsmanship. He is famous for his popular portrayals of scenes from the life of Frederick the Great. Perhaps his best known paintings are: *Das Flötenkonzert* and *Die Tafelrunde*.

NOTES

94. **Kalligraphicum** (*n.*): 'specimen of calligraphy.'
    Veteran ... Jahr: 'a veteran of the Franco-Prussian War; he must be at least some eighty years old.'
    Graphik (*f.*): 'engraving,' 'etching.'
    scheffeln: 'to scrape together.'
95. **direkt drauflos** (*adv.*): 'without delay.'
    Kleinbürgerplunder (*m.*): 'popular trash.' The term clearly reflects the atmosphere created by the reference to the scenes painted by Spitzweg.
    ... Mantegna: Rembrandt (1606–69), Dürer (1471–1528) and Mantegna (1431–1506) are among the world's greatest etchers.
    Maurerarchitekt (*m.*): a bricklayer who aspires to be an architect. This word is echoed in the verb *aufkellern* which is derived from the noun *die Kelle* which is the bricklayer's trowel.
    altväterisch (*adj.*): 'old-fashioned.'
96. **aufgesträubt** (*adj.*): 'bristling.'
97. **behaglich-polternd** (*adj.*): 'boisterously jovial.'
    Pensionist (*m.*): 'pensioner.'
98. **Albertina:** the name of one of Vienna's greatest museums. It houses some of Europe's most valuable art treasures.
99. **So ... schon:** 'we collectors are made that way.'
100. **verbasteln** (*refl. v.*): 'to get muddled up with', 'get tied up with.'
    Krieg (*m.*): The war here referred to is World War I, which broke out in August 1914.
101. **Schleichhandel** (*m.*): 'black market.'
103. **Mein Gott ... weggegaunert war:** 'As a dealer I had met many of those ... defrauded people who had been cheated out of their most treasured, age-old family heirlooms by rogues for a mere pittance.'
105. **... Esdaile:** Nagler, Remy and Esdaile are three well-known collectors.
106. **zwei ... lang:** 'two complete hours.'
    unverstellt (*adj.*): 'in their correct order.'
107. **Dann ... sein:** 'then you will be delighted about my hobby.'
108. **widerstrebend** (*adv.*): 'unwillingly.'
    Fischzug (*m.*): 'haul.'

VIER NOVELLEN

UNVERMUTETE BEKANNTSCHAFT MIT EINEM HANDWERK

112. **Seidenbonbon** (*m.*): a sweet with a soft centre.
Boulevard de Strasbourg: the Boulevard is the main thoroughfare immediately outside the station. This road crosses with the continuation of the Boulevard Hausmann leading to the Place de l'Étoile. North of the junction with Montmartre lies the Rue Drouot with the Hôtel Drouot, the Christie's of Paris (*cp.* page 144).
Meaux: Meaux and Epernay are both served by trains from the Gare de l'Est.
bäumten ... Grün: in this passage the countryside is depicted as being angered by the appearance of the highly coloured posters.

113. **Goldnackt ... Anadyomene:** 'As Venus arose out of the waves gleaming like gold in her nakedness, so did Paris emerge from her abandoned cloak of rain.' (Aphrodite Anadyomene is the Greek name given to all statues depicting the Goddess of Love rising out of the waves.)
Flitz (*m.*): 'dart', 'quick movement.'
pfauchen (*v.*): a word imitating the noise of the traffic; 'snort,' 'roar.'
ich war also göttlich frei: 'I was unfettered by any obligations.'
Quai: along the bank of the Seine there are many secondhand book stalls.

114. **leg los!:** 'very well,' 'begin', 'fire away!'
Orchestrion (*n.*): 'orchestrina'; a kind of barrel-organ.
Camelot (*m.*): 'news vendor.'
aufgetan (*adj.*): 'receptive as never before'; 'carefree.'

115. **Neugiertag** (*m.*): 'day of heightened curiosity.'
ausphantasieren (*v.*): 'work out in my imagination.'

116. **Spiellust** (*f.*): 'joy at play'; this word frequently occurs in essays on psycho-analysis. The corresponding adjective is *spiellüstern* as found below.
Überreiz (*m.*): 'overstrain.'
So ... herausgebeugt: the literal translation of this passage conveys the meaning of the author being turned towards the

NOTES

outer world as an interested spectator. The sense is 'just as receptive . . .'

tauschgierig (*adj.*): 'anxious to exchange experiences.'

Menschenwasser: throughout this tale the crowds are likened to the waters of a river, and here the image is picked up anew. The crowd of dull people is described as 'the tiresome swill of the dirty waters of this human river.'

117. **fortstieben** (*v.*): 'disperse.'

merkwürdig . . . Blick: 'with the same cowed and strangely veiled gaze.'

ansonsten: 'otherwise.'

das . . . war: 'which had not been deliberately tailored to his measurements.'

längstverschollene Mode: 'a fashion long dead and buried.'

118. **. . . Gogolschen Novelle:** N. V. Gogol (1809–52), a Russian novelist and dramatist. Zweig has in mind the tale entitled *The Overcoat* in which all the petty miseries endured by an ill-paid clerk in a government office are told. His one aim is to secure this coat.

119. **Agnoszierungsblick** (*m.*)=*Beobachtungsblick*.

es war . . . Verschlusses: 'it was with the lightning speed of a camera shutter.'

120. **Straßentrotter** (*m.*): 'tramp.'

Vogelfängerdienst (*m.*): 'duty (task) of catching fellows.'

Respekt: 'with due respect.'

die Verlotterung . . . wahrgemacht: 'he had brought to life all the depravity of a vagabond.'

trist (*adj.*): 'sad,' 'tattered.'

Rasur (*f.*): 'shave.'

121. **. . . Grades:** 'the last stages of consumption.'

verdreckt (*adj.*): 'filthy.'

122. **kernschußhaft** (*adv.*): 'like a point-blank shot.'

123. **zum guten Griff:** 'for a good haul.'

124. **mardern** (*v.*): 'steal.'

unüberbietbar (*adj.*): 'unsurpassable.'

Komplice (*m.*): 'accomplice.'

Corpus delicti (*Latin*): this is a legal term meaning the essence of any particular breach of the law, in this case the stolen purse.

VIER NOVELLEN

 einen englischen Brei: the sense is that the words are all muttered in an incomprehensible way.

125. **ambulant** (*adj.*): 'mobile.'
 Kiosk (*m.*): here the word is used in the meaning of *Litfaßsäule*.
126. **Spielgefährlichkeit** (*m.*): 'the inherent danger of play.' Compare the other compounds with *Spiel*—as we find them on page 116.
 Metier (*n.*): 'profession,' 'calling.'
 Grobtechnische (*n.*): 'the rough technicalities.'
 Fingerkunst (*f.*): 'sleight of hand.'
127. **liegt ... chloroformiert:** 'the patient at least lies nicely chloroformed ...'
 der leichte Zugriff: 'light-fingeredness.'
128. **Menschenerfahrung** (*f.*): 'experience in study of man.'
129. **das ... nennen:** 'which in its perfection almost deserves to be called an art.'
 erlebt und mitgelebt: 'I have seen it and gone through it.'
 Diebstauglichkeit (*f.*): 'suitability to be robbed.'
 arbeitswürdig: 'worthy of his work.'
 Kiebitz (*m.*): 'pewit,' in this case a person who passes on to others the information on cards held by other players.
131. **miekrig** (*adj.*): 'frail,' 'wisp of a man.'
 Und ... entschlossen: 'and I was equally firmly resolved.'
 Atelier (*n.*): 'studio.'
132. **spendeln** (*v.*): 'pin,' the word is related to *die Spindel*.
 die knapp bemessene Stunde: 'the meagre hour.'
133. **Jetzt ... Beobachtungsposten:** 'Now nothing could keep me any longer at my vantage-point as a passive observer.'
 Herzgriff (*m.*): 'the real trick of the trade.'
 Windhund (*m.*): 'elusive fellow.'
 taucherisch (*adj.*): 'diving.'
134. **meridional** (*adj.*): 'Mediterranean.'
 Gäatochter: Gäa is the Greek Goddess of the Earth.
 Sportfreude (*f.*): 'pleasure as at a sporting event.'
135. **Quirl** (*m.*): 'whirl.'
 Angstschritt ... Kanzlisten: 'the frightened gait of the poorly paid government official.'
136. **hundearm** (*adj.*): 'wretched.'
 Rentner (*m.*): 'pensioner.'

Chaussée d'Antin: Chaussée d'Antin leads north of the Boulevard Haussmann to the church of La Trinité.
137. **blank herauslachen** (v.): 'laugh out loud.'
allmenschlich (adj.): 'all too human.'
Arabeske (f.): 'an intertwined pattern.'
138. **unkontrollierbar** (adv.): 'so that it cannot be checked.'
Balzac: H. de Balzac (1799–1850), famous French novelist in whom Zweig was always greatly interested. Compare references in the Introduction.
paschen (v.): 'steal.'
139. **roboten** (v.): 'work hard.'
Einsatz (m.): 'contribution,' 'effort.'
Belleville: the industrial district of Paris. Haussmann laid out the Parc des Buttes – Chaumont on what had before 1866 been the rubbish dump of Paris.
Diebskanaille (f.): 'thieving rogue.'
Häufchen Elend: 'poor wretch.'
140. **anzeichnen** (v.): 'price.'
141. **... Welt**: this phrase meaning the ill-fashioned world is modelled on the popular saying: *Da ist die Welt mit Brettern vernagelt*; meaning: that is beyond the wit of man!
Irdischkeit (f.): 'mortality.'
die ... verlöschen: 'artificial distinctions vanish.'
142. **seelenmörderisch** (adv.): 'fit to kill his soul.'
143. **Du bist nicht in Form**: 'You are not on the top of your form.'
Elan (m.): 'dash.'
halluzinatorisch (adj.): 'visionary.'
144. **Versteigerungsinstitut** (n.): 'auction rooms.'
abwechslungsvoll (adv.): 'full of variety.'
Sachwelt (f.): 'material world.'
Houdon: J. A. Houdon (1740–1828), French sculptor.
145. **Valery**: Paul Valéry (1871–1945), French poet.
Van Dyck: Anthony Van Dyck (1599–1641), Flemish painter.
Beethoven: Ludwig van Beethoven (1770–1827), famous German composer.
Notstand (m.): in this case the people suffering hardship.
Sammelwut (f.): 'collector's mania.'
Melonenhut (m.): 'bowler hat.'

146. Rive Gauche: the left bank of the Seine.
Raccailleur (*m.*): 'riff-raff,' 'scum.'
die Freimaurerschaft der Sammler: 'the masonic community of collectors.'
147. lizitieren (*v.*): formed from the French *liciter*, 'to sell by auction.'
148. enggeschlossen (*adj.*): 'closely packed.'
Orchesterchef (*m.*): 'bandmaster.'
Ménilmontant: a hilly quarter near Père Lachaise, the most fashionable cemetery of Paris.
Pelargonie (*f.*): 'geranium.'
149. sublimieren (*v.*): 'enhance'; this verb is much used in psychoanalysis.
150. hineinschüttern (*v.*): 'vibrate.'
151. Präsent (*n.*): 'present.'
152. Ausrufpreis (*m.*): initial price called at an auction; 'starting price.'
155. gefühlsempfindlich (*adj.*): 'tender to touch.'
156. pathetisch (*adj.*): 'full of pathos.'
158. Taucherstoß (*m.*): 'diving thrust'; 'the thrust of a diver.'